프롤로그 에필로그 박완서의 모든 책

프롤로그 에필로그 박완서의 모든 책

박완서 지음

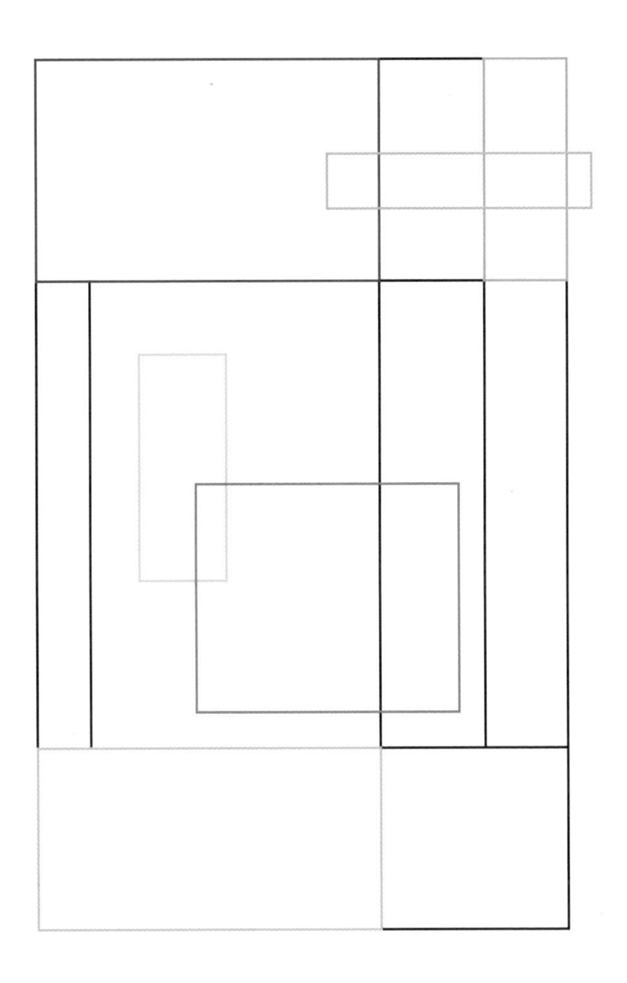

작가
정신

타이르듯이 들려주는 목소리

어머니 책의 서문을 모아 이런 책을 내고 싶다는 마음이 생긴 것은 김윤식 선생님의 서문집을 보고 나서였습니다. 어머니의 서재에 꽂힌 그 책을 다시 찾아보니 2001년에 내신 책이었습니다. 어머니와 함께 그 책을 보며 참 아름답고도 친절하다고 생각하며 쓰다듬었던 생각이 납니다. 정사각형에 가까운 판형, 단순한 표지의 책을 지금 꺼내보니 어머니도 많이 읽으신 듯 손때가 묻어 있었습니다.

어머니가 돌아가신 후 책의 판본마다 다른 서문이나 후기를 모아놓았는데 저에게는 마치 어머니 문학으로 들어가는 열쇠 같은 것이었습니다. 작품의 주제나 의도를 알 수 없을 때에 꺼내보면 저에게 타이르듯이 알려주는 목소리가 있었습니다. 제가 생각해도 저는 참으로 아둔하여 어머니 문학을 꿰뚫어보거나 작품 하나하나를 명쾌하게 분석할 능력이 없었습니다. 아직도 저는 어머니 문학을 감히 안다고 말할 수 없습니다. 찾아서 알아가기 위한 과정이라고 말할 수밖에 없습니다. 안다고 생각하면 또 어딘가에 모르는 비밀이 숨어 있습니다.

초기 소설 『목마른 계절』에 나오는 서문 글입니다.

> 그래서 처음으로 세상에 글쟁이로 선을 보이게 되었을 때의 감상도 꿈을 이루었다든가 노력한 결실을 거두었다든가 하는 보람보다는 마침내 쓰는 일을 피할 수 없게 되었다는 안도나 체념에 가까운 거였다.

글을 쓰시기 시작했을 때 알 수 없었던 표정의 의미를 지금에야 이 글을 보면서 고개를 끄덕이게 합니다.

제목부터 이해하기 어려웠고 지겹도록 반복되는 후렴을 받아들이기 힘들었던 『오만과 몽상』, 그 서문을 보며 이제야 그 뜻을 알 것 같습니다. 재미있는 소설이었지만 왜 버거웠었는지 알 것도 같습니다.

> 오만과 몽상의 뒤끝이 비굴과 현실 추종이란 정석으로 달리지 않도록 애썼다. 나는 내가 낳은 두 젊은이를 사랑했기에 그들이 오만의 시기를 넘기고 겸허를 얻기를, 몽상에서 깨어나 현실을 직시할 수 있는 용기를 갖기를 바라고 지켜보았다.

이 서문이 젊은이들에게 "비굴과 현실 추종"으로 달려가지 않고 현실을 직시할 수 있는 용기와 자유를 주기 위해 쓰신 것 같습니다.

책의 내용과 상관없이 출판 당시의 상황을 그린 것도 소중한 기록입니다.

"책에도 팔자가 있단다"며 푸듯이 말씀하셨던 어머니가 생각납니다. 출판사와 늘 좋은 관계를 유지하면서 큰 출판사이건 작은 출판사이건 책을 내어주는 것에 감사하셨던 마음의 기록이기도 합니다. 글과 출판이 운명을 함께했던 기록이기도 합니다.

놀랍게도 서문을 읽는 것만으로도 가슴이 저리기도 하고 불끈 용기가 솟기도 하고 눈물이 어리기도 합니다. 타인을 생각하고 전체 속에서 자신을 낮추는 가식이 아닌 겸양, 진실과 책임과 끊임없는 노력과 자기반성이 밑받침이 된 오만은 쉽게 흉내 낼 수 없다는 걸 알기에 고개를 숙이게 합니다. 처음 읽는 것도 아닌데 재미가 있어서 그다음은 무얼까 아껴가며 넘기게 하는 힘이 있습니다.

어머니가 돌아가시기 전 10여 년을 같이 지내며 책을 낼 때마다 같이 의논했던 시간이 저에게는 참으로 소중했습니다. 노년의 자유로움과 지루함을 고백했던 어머니, "나도 사는 일에 어지간히 진력이 난 것 같다. 그러나 이 짓이라도 안 하면 이 지루한 일상을 어찌 견디랴"라던 마지막 창작집의 고백이 저에게는 위로가 되어줍니다.

아무리 좋은 것으로부터라도 과녁이 되는 것보다는 언

> 저리에 수굿이 비켜나 있는 것이 좋다. 쓸쓸하기 때문이다. 노후의 평화의 진미는 쓸쓸함 속에 있다.(제25회 동인문학상 수상 소감문에서)

저에게 그러하듯 독자들에게 달콤한 거짓 위로가 아닌 진정한 위안이 되었으면 합니다.

오랜 인연으로 기꺼이 선뜻 책을 내주고, 모든 책 표지를 꼼꼼히 모아 아름다운 우표첩을 첨부해주신 작가정신께 깊은 감사를 드립니다.

아치울에서 | 호원숙

선생님이 계신 듯 가만히 책을 쓰다듬으며

박완서 선생님이 떠나신 지 9년이 되었다. 선생님이 여기 계시지 않는다는 사실을 실감하지 못할 때도 있었다. 남기신 작품들을 더듬어 읽을 때 특히 그랬다. 선생님의 글은 시대가 바뀌고 시대정신이 달라져도 여전히 생생하고 강력한 흡인력으로 독자를 끌어당겨 다른 생각 할 틈을 주지 않으니까. 그러다 갑작스럽게 슬픔이 솟구쳐 오르곤 했다. 더 이상 선생님께 어떤 질문도 드릴 수 없음을 깨닫는 순간이다. 왜 문학이어야 하는지, 문학이 무엇을 할 수 있는지, 그런 거창한 것만이 아니다. 내가 언제까지 이렇게 소설과 일상 사이를 아슬아슬 위태롭게 오갈 수 있을지, 두 가지를 함께 꿈꾸는 것이 가당한 일인지 나는 자주 선생님께 여쭙고 싶었다. 선생님은 귀 기울여 들으시곤 가만가만 대답을 들려주실 것 같았다. 다시는 그럴 수 없어 먹먹했다.

그런 마음이 될 때 이 책을 펼쳐보려고 한다. 첫 책 『부끄러움을 가르칩니다』부터 마지막 책 『못 가본 길이 더 아름답다』에 이르기까지 선생님이 펴내신 작품들의

'작가의 말'이 한곳에 모였다. '작가의 말'은 소설을 다 쓴 뒤에 쓰는 것이다. 지난한 집필 노동의 시간을 마무리하는 소회를 정리하는 공간이자, 작가가 작품 밖으로 한 발자국 걸어 나와 건네는 특별한 끝인사의 자리이다. 선생님의 '작가의 말'은 선생님을 꼭 닮았다. 하고 싶은 말을 감추지도 과장하지도 않는다. 담백하고 당당하고 솔직하다. '돈에 대해 말한다는 게 여성의 현실에 대해 말하는 게 돼버린 것도 독자가 눈여겨봐 주었으면 하는 바람'이라고, '재미와 뼈대가 함께 있는 소설이 내 소원'이라고, '아직도 소설 쓰는 고통을 즐길 만한 기운이 남아 있으니 언젠가는 소원 성취하고 싶다'라고 선생님은 쓰셨다.

또한 이 책은 성실한 감사의 기록이기도 하다. 첫 번째 책부터 마지막 책까지 거의 모든 '작가의 말' 끝부분에 '책을 만들어준 (출판사) 분들'에 대한 진심어린 고마움의 인사가 들어 있다. 각 장의 말미마다 겸손하게 반복되는 '깊이 감사드립니다'를 읽고 또 읽는다. 선생님의 목소리가 아주 가까이에서 들리는 듯하다. 더 이상 어떤 질문도 드릴 수 없겠지만, 아무런 대답도 듣지 못하는 것은 아니라는 생각이 들었다. 박완서 선생님이 여기에 계신 듯 책을 가만히 쓰다듬는다.

정이현(소설가)

작가로 산다는 것

일희일비하지 말라는 말이 있지만, 사랑하는 일 앞에서 일희일비하지 않을 수 있을까. 『프롤로그 에필로그 박완서의 모든 책』을 읽으며 40년 동안 작가 생활을 하신 선생님께서도 글 앞에서 때로는 주저하셨음을, 슬퍼하셨음을, 고독하셨음을, 때로는 희망을, 때로는 절망을 느끼셨음을 이해할 수 있었다.

작가로 산다는 것은 작은 배를 타고 풍파가 밀려오는 바다로 나아가는 일 같다. 외롭고 위험하기까지 한 일, 끊임없이 자기 자신을 만나야 하고, 자기가 지닌 것 중 가장 괴로운 것을 마주하며 살아야 하고, 자신을 극복하고 갱신해야 하는 일. 그 길을 피하지 않고 온전히 지나가신 선생님의 모습을 돌아보게 됐다.

선생님의 말씀을 읽으며 강한 사람이란 모든 일을 대수롭지 않게 넘겨버리는 사람이 아니라, 자신의 경험을 피하지 않고 그대로 느끼며 통과하고 기어이 기억하는 사람이라는 생각을 했다. 울고 웃고 망설이고 기대하고 감사하는 선생님의 모습을 보며 큰 작가로서의 선생님이 어쩐지 더 가깝게 느껴졌다.

우리가 사랑한 것은 선생님의 그런 인간됨이 아니었을까. 무게를 잡고 포즈를 잡는 일을 끝까지 경계하셨던 선생님의 솔직함, 가식을 떨친 말들 말이다. 선생님을 더 가까이 느끼고 싶은 사람들에게 『프롤로그 에필로그 박완서의 모든 책』은 선생님의 40년 작가 인생을 조금 더 다정하게 바라보는 방법이 될 것이다.

최은영(소설가)

차례

들어가는 글 **호원숙**

타이르듯이 들려주는 목소리 4

작가 박완서를 기리며

선생님이 계신 듯 가만히 책을 쓰다듬으며 **정이현** 8

작가로 산다는 것 **최은영** 10

부끄러움을 가르칩니다 15

부끄러움을 가르칩니다 17

나목 19

나목 21

나목 24

휘청거리는 오후 26

꼴찌에게 보내는 갈채 29

꼴찌에게 보내는 갈채 31

꼴찌에게 보내는 갈채 33

혼자 부르는 합창 35

창밖은 봄 36

도시의 흉년 43

복마른 계절 45

목마른 계절 46

배반의 여름 50

마지막 임금님 51

살아 있는 날의 시작 52

오만과 몽상 54

오만과 몽상 57

그해 겨울은 따뜻했네 60

그해 겨울은 따뜻했네 63

서 있는 여자 67

그 가을의 사흘 동안 70

꽃을 찾아서 77

꽃을 찾아서 78

사람의 일기 80

침묵과 실어 81

유실 85

그대 아직도 꿈꾸고 있는가 86

나는 왜 작은 일에만 분개하는가 88

살아 있는 날의 소망 89

미망 90

저문 날의 삽화 93

나의 아름다운 이웃 95

나의 아름다운 이웃 96

산과 나무를 위한 사랑법 99

박완서 문학앨범 102

우리 시대의 소설가 박완서를 찾아서 104

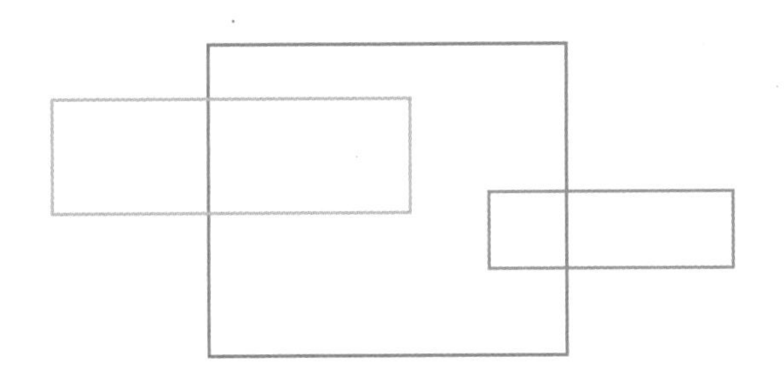

그 많던 싱아는 누가 다 먹었을까 105
그 많던 싱아는 누가 다 먹었을까 108
꿈꾸는 인큐베이터 110
나의 가장 나종 지니인 것 112
부숭이의 땅힘 115
부숭이는 힘이 세다 117
여덟 개의 모자로 남은 당신 119
한 길 사람 속 120
그 산이 정말 거기 있었을까 122
모독 125
잃어버린 여행가방 128
어른 노릇 사람 노릇 129
너무도 쓸쓸한 당신 130
님이여, 그 숲을 떠나지 마오 133
어떤 나들이 136
그 여자네 집 138
자전거 도둑 140
아름다운 것은 무엇을 남길까 142
아주 오래된 농담 144
두부 146
옛날의 사금파리 148
보시니 참 좋았다 150
나목에 핀 꽃 152
그 남자네 집 154
호미 157
친절한 복희씨 159
세 가지 소원 160
이 세상에 태어나길 참 잘했다 161
못 가본 길이 더 아름답다 164

작가 연보 166
작품 연보 184
작품 화보 188

일러두기

· 이 책은 박완서 작가의 소설, 산문, 동화 등 단독으로 출간한 도서를 망라하여 작가가 직접 작성한 서문과 발문을 엮은 것이다.
· 작품은 연대순으로 싣되, 재출간·개정판·개정증보판은 함께 다루었다.
· 초판과 재출간·개정판·개정증보판의 서·발문 내용이 같을 경우 초판을 기준으로 삼았다.
· 본문에 실린 글의 맞춤법이 현재와 다른 경우, 국립국어원의 한글 맞춤법 규정에 따르되 작가의 표현을 최대한 살렸다.
· 장편소설, 소설집 등 단행본 제목은 겹낫표(『 』), 중단편 소설과 논문 제목, 기타 편명은 홑낫표(「 」), 발간지와 신문 등은 겹화살괄호(《 》), 전집, 시리즈, 프로그램 이름 등은 홑화살괄호(〈 〉)로 문장 부호를 통일했다.

작가 연보

· 2013년 이전의 정보는 〈박완서 소설 전집 결정판〉(세계사, 2012년)에 실린 작가 연보, 『박완서朴婉緖—못 가본 길이 더 아름답다(1931~2011년)』(수류산방, 2012년)의 구술록을 참고했다.

작품 연보

· 국내에 출간된 도서를 장르별로 분류한 후, 연대순으로 나열했다.
· 재출간·개정판·개정증보판이 출간된 경우 초판 도서의 하단에 표기했다.

작품 화보

· 국내에 출간된 도서의 표지를 연대순으로 싣되, 재출간·개정판·개정증보판은 함께 다루었다.
· 재출간·개정판·개정증보판의 제목이 초판과 달라진 경우 별도의 정보를 표기했다.

부끄러움을 가르칩니다

소설집 『부끄러움을 가르칩니다』
일지사
1976년 2월 5일

〔**발문**〕**후기**…작품집을 하나 갖고 싶다는 생각은 했었다. 그러나 이렇게 일찍 갖고 싶진 않았다. 먼 훗날, 그러니까 한 20년 후쯤, 그동안 꾸준히 써온 것을 모아놓고 보면 간혹 꿰어보고 싶은 주옥도 있으리라, 내 딴에 주옥처럼 아끼고 싶은 것만 골라내어 하나의 아름다운 책을 꾸미리라, 그렇게 생각했었다.

그렇던 게 이렇게 빠르게 내 작품들을 한 권의 책으로 묶게 된 것은 평소 일면식도 없었던 김윤식 교수의 주선과 격려에 힘입은 바가 컸다.

주옥을 고르기는커녕 그동안 쓴 것 중, 정 마음에 안 드는 것 두어 편만 빼고는 옥석을 가릴 염치도 없이 거의 박박 긁어모았다. 모아놓고 연대순으로 읽어보니 내가 지난 5년 동안 얼마나 협소한 울타리에 갇혀, 제자리를 뱅뱅 돌며 밑도 끝도 없는 씨름을 해왔던가를 알 것 같다.

이제 그만 이 작품들을 탄생시킨 옹색한 고장의 울타리를 허물어뜨릴 때가 되지 않았나 모르겠다. 그런 의미로도 이 작품집이 어떤 전환점이 되었으면 싶다.

이 책을 낼 용기를 내게 해주신 김윤식 교수께 거듭 감사드리고, 표지를 빛내주신 김종복 여사, 그동안 수고

해주신 일지사 여러분께 깊은 감사를 드린다.

「세모」에서 「저렇게 많이!」까지 발표한 연대순으로 묶고, 「다이아몬드」는 71년 《한국일보》에 발표한 콩트지만 애착이 가는 거길래 마지막에 애교로 덧붙였다.

1976년 1월 | 저자

부끄러움을 가르칩니다

소설집 『부끄러움을 가르칩니다』
『부끄러움을 가르칩니다』 재출간
한양출판
1994년 7월 15일

〔서문〕작가의 말…『부끄러움을 가르칩니다』는 20년 전에 묶은 저의 최초의 창작집입니다. 문단에 이름이 실린 지 5년 만이었는데 그동안에 열심히 쓴 게 겨우 한 권 분량이 되자마자 책을 내주겠다는 출판사가 생겼을 때 어찌나 기뻤는지 처녀작이 당선됐을 때보다 더 황홀했습니다. 아름답게 꾸며진 내 책을 대하는 것도 감격스러운 일이었는데, 책이 나오자마자 인세까지 받게 되자 이걸 덥석 받아도 되는 걸까, 너무 분에 넘쳐 몸 둘 바를 몰라 했던 생각을 하면 지금도 그리움으로 가슴이 저려옵니다. 그동안 세상도 많이 변했지만 저 자신도 인세 받는데 이골이 날 대로 난 지금 와서 생각하면 스스로도 잘 믿기지 않을 만큼 순진했던 풋내기 시절의 일입니다.

이런 제 최초의 창작집을 각별한 애정을 가지고 간직하고 있는 시인詩人을 연전에 우연히 알게 되었을 때 저는 겉으로는 안 그런 척하면서도 속으로는 감동을 하고 만 것입니다. 그리고 그가 몸담고 있는 출판사에서 그 책을 다시 내고 싶어 한다는 것을 알고는 굳게 사양하는 척하면서도 조금씩 조금씩 솔깃해지기 시작했습니다. 알 수 없는 일입니다. 그리움 때문이라 해도 그렇고, 너무 빨리 가버린 신인 시절에 대한 아쉬움 때문이라 해도 그렇고, 어차피 자위행위처럼 무안해질 게 뻔한 일을 저지르기로 작심했으니요. '부끄러움을 가르칩니다'라는 제목이 저를 부끄럽게 합니다. 부끄러운 김에 20년이 뭐 어쨌다구, 적어도 문학이라는 것은 말야, 그렇게 빨리 철이 지나가버리는 게 아니라구, 하는 배짱이라도 부리게 될 테지요.

한양출판사 여러분, 특히 이 책에 각별한 애정을 가져준 시인 주간의 노고에 깊은 감사를 드립니다.

1994년 7월 | 박완서

나목

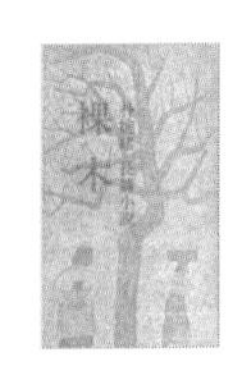

장편소설 『나목』
『나목』 재출간
열화당
1976년 12월 15일

〔**발문**〕**후기**…6년 전의 나의 데뷔작이 열화당의 호의로 예쁜 책으로 꾸며져 다시 선보이게 되니 기쁘기도 하고 약간은 겸연쩍기도 하다. 다시 한번 읽어보니 표현의 과장이나 치졸이 자주 눈에 거슬리나, 그런대로 그것을 썼을 당시의 젊고 착하고 순수한 마음이 소중해서 고치지 않았다.

나는 처녀작 『나목』을 사십 세에 썼지만, 거의 이십 세 미만의 젊고 착하고 순수한 마음으로 썼다고 기억된다. 그래 그런지 그것을 썼을 당시가 6년 전 같지 않고 아득한 젊은 날 같다.

그 당시 『나목』을 읽는 사람들 사이엔 주인공인 화가가 고故 박수근 화백일 거라고 알려진 듯 거기에 대한 질문을 나는 꽤 많이 받았다. 이 기회에 거기에 대해 밝히고 싶다.

『나목』은 어디까지나 소설이지 전기나 실화가 아니다. 『나목』을 소설로 쓰기 전에 고 박수근 화백에 대한 전기를 써보고 싶었던 건 사실이지만, 내가 그를 알고 지낸 게 그나 내가 가장 불우했던 동란動亂 중의 1년 미만의 짧은 시간이었기 때문에 전기를 쓰기엔 그에 대해 아는 게 너무 없었다.

그렇지만 한 예술가가, 모든 예술가들이 대구, 부산, 제주 등지에서 미치고 환장하지 않으면 독한 술로라도 정신을 흐려놓지 않으면 견뎌낼 수 없었던 1·4 후퇴 후의 암담한 불안의 시기를 텅 빈 최전방 도시인 서울에서 미치지도, 환장하지도, 술 취하지도 않고, 화필도 놓지 않고, 가족의 부양도 포기하지 않고 어떻게 살았나, 생각하기 따라서는 지극히 예술가답지 않은 한 예술가의 삶의 모습을 증언하고 싶은 생각을 단념할 수는 없었다.

그래서 된 게 『나목』이었다는 걸 밝히고, 이야기 줄거리는 허구이니, 어디까지나 소설로 받아들여지기를 바란다.

처녀작을 예쁘게 새로 단장해주고 싶다는 내 오랜 소망을 풀게 해주신 열화당 이기웅 사장님께 거듭 감사드린다.

1976년 12월 | 박완서

나목

장편소설 『나목』
『나목』 재출간
중앙일보사
1985년 10월 15일

〔발문〕작가의 말―베스트셀러 소설 선집에 넣으면서…

『나목』은 15년 전 나의 데뷔작이다. 《여성동아》 여류장편소설 모집에 응모해서 당선된 후 부록으로, 단행본으로, 전집으로, 대표작 선집으로 다양하게 모습을 바꾸어 독자들 앞에 선을 보여왔다.

내 작품 중 아마 이 소설처럼 꾸준히 독자의 사랑을 받아온 작품도 없지 않나 싶다. 작품에 따라 어떤 작품은 부당한 혹평을 당하기도 하는 일을 수없이 겪어왔다.

때로는 마음이 아팠고 때로는 응분의 대접이라고 승복하기도 했지만 『나목』이 받는 독자의 사랑만큼 기쁘고 대견한 대접은 없었다.

『나목』이 평론가의 대단한 평가보다는 독자의 사랑이 훨씬 더 잘 어울리는 작품이라고 한다면 그 작품을 쓴 작가로서 편애와 편견이 지나치다 못해 주제넘은 짓이 될 것이다. 그러나 그만큼 그 작품에 대한 나의 사랑이 애틋하고 맹목인 걸 어쩌랴.

책을 다시 꾸밀 때마다 좀 손을 보려고 다시 읽어보게 된다. 지금의 안목으로 눈에 거슬리는 표현의 과장이나 치졸이 자주 눈에 띄어서 고치려면 어쩐지 아까운 생각이 들어서 못 고치고 만다. 유치함조차 그것을 썼을 당시의 젊고 착하고 순수한 마음의 나타남 같아서 소중한 생각이 들곤 하기 때문이다.

나는 이 처녀작을 느지막이 사십 세에 썼지만 이십 세 미만의 젊고 착하고 순수한 마음으로 썼다고 기억된다. 그래 그런지 그것을 썼을 당시가 암만해도 사십 세 같지 않고 아득하고 풋풋한 젊은 날 같다.

『나목』을 읽은 사람들 사이에선 거기 나오는 주인공 화가가 고故 박수근 화백으로 알려져 여지껏 거기 대한 질문을 꽤 많이 받았다. 그중엔 터무니없는 억측을 하는 사람도 있었고 그의 그림을 얼마나 소장하고 있나 궁금해하는 사람까지 있었기에 이 기회에 그 문제를 잠깐 짚고 넘어갈까 한다.

『나목』은 어디까지나 소설이지 전기나 실화가 아니다. 『나목』을 소설로 쓰기 전에 고 박수근 화백의 전기를 써보고 싶었던 건 사실이지만, 내가 그를 알고 지낸 게 그나 내가 가장 불우했던 1년 미만의 짧은 동안이었기 때문에 전기를 쓰기엔 그에 대해 아는 구체적인 게 너무나 모자랐다. 그러나 한 예술가가, 모든 예술가들이 대구, 부산, 제주 등지에서 미치고 환장하지 않으면 독한 술로라도 정신을 흐려놓지 않고는 견디어낼 수가 없었던 1·4 후퇴 후의 암울한 불안과 혼돈의 시기를 텅 빈 최전방 도시인 서울에 고립되어 어떻게 미치지도, 환장하지도, 술 취하지도 않고, 화필도 놓지 않고, 가족부양도 포기하지 않고 살 수 있었나, 생각하기 따라서는 지극히 예술가답지 않은 한 예술가의 삶의 모습을 증언하고 싶은 생각은 일찍부터 있었다. 특히 그의 사후 그가 국내 화단畫壇에서 정당한 평가를 받게 되고 그림값이 믿을 수 없을 만큼 치솟고부터 그가 극심한 가난 속에서 온갖 수모를 견디면서 PX에서 미군의 싸구려 초상화를 그리던 모습이 자주자주 나의 사십 세의 무사안일과 나태를 뒤흔들기 시작했다. 그래서 된 게 『나목』이었다는 걸 밝히고, 이야기 줄거리는 허구이니 어디까지나 소설로 받아들여지기를 바란다. 그와의 만남은 비록 짧지만 나의 사십 세 이후의 인생을 바꾸어놓을 만큼 운명적인 것이었다.

요새도 나는 글이 도무지 안 써져서 절망스러울 때라든가 글 쓰는 일에 넌더리가 날 때는 『나목』을 펴보는 버릇이 있다. 아무데나 펴들고 몇 장 읽어 내려가는 사이에 얄팍한 명예욕, 습관화된 매명으로 추하게 굳은 마음이 문득 정화되고 부드러워져서 문학에의 때묻지 않은 동경을 들이킨 것처럼 느낄 수 있으니 내 어찌 이 작품을 편애 안 하랴.

나의 자화자찬이 지나쳤다고 해도 너그럽게 봐주시길 바라면서 새로운 모습으로 『나목』을 단정해서 새로운 독자와 만나게 해주신 문예중앙 여러분께 감사한다.

1985년 9월 | 박완서

나목

장편소설 『나목』
『나목』 재출간
작가정신
1990년 4월 25일

〔발문〕**책 끄트머리에**…문단에 나온 지가 올해로 20년이 된다. 첫 작품이 『나목』이었다. 그동안 단행본으로 나왔다가 절판되기도 하고 전집이나 선집에 수록되기도 했지만 다시 한번 처음부터 차근차근 읽어보면서 손을 본 건 이번이 처음이다. 누구나 그렇겠지만 자기 작품을 읽으면서 엄정한 객관적 시각을 갖기는 불가능하다. 20년의 세월이 지났어도 그건 마찬가지였다. 특히 이 작품에 대한 나의 애착은 편애에 가깝다. 『나목』을 생각할 때마다 괜히 애틋해지곤 한다. 가끔 여지껏 쓴 작품 중에서 어떤 것을 가장 좋아하느냐는 질문을 받곤 하는데 그럴 때마다 망설이지 않고 『나목』이라고 대답해온 것도 그런 무조건적인 애틋함 때문이었을 것이다.

이왕 단행본으로 다시 내는 김에 지금의 안목으로 치졸하게 느껴지는 부분을 한번 크게 고쳐 써보겠노라고 제안을 한 건 내 쪽이었다. 기왕에 내놓은 작품에서 오자를 골라내는 것 이상의 짓을 할 마음이 생긴 건 처음이었다. 나로서는 안 하던 짓까지 할 엄두를 낸 것도 아마 이 작품에 대한 나의 유별난 애착 때문이었을 것이다. 그러나 출판사와 약속한 기한을 1년여나 더 끌면서도 최소한도로밖에 손을 못 본 것은 게으름 때문만은 아니었다.

역시 애틋함 때문이었다.

자신의 20년 전 처녀작을 읽으면서 절절한 애틋함에 눈시울을 적시는 늙은 작가—이건 아무리 좋게 봐주려도 궁상과 비참의 극치라고 생각하면서도 어쩔 수가 없었다.

올해는 또 이 작품의 모델이 된 박수근 화백이 타계한 지 25주기가 되는 해라고 한다. 세월의 무상함에 비길 수 있는 애틋함이 또 어디 있으랴.

그간 꾸준히 독촉하랴 책 만들랴 애써주신 작가정신사 여러분 감사합니다.

1990년 4월 | 박완서

휘청거리는 오후

장편소설 『휘청거리는 오후 上, 下』
창작과비평사
1977년 3월 25일

〔**발문**〕**후기**…『휘청거리는 오후』는 나의 세 번째 장편소설이지만 신문 연재로는 처음이었다.

처음 일을 시작하면서 내가 가장 꺼린 것은 재미의 문제로, 신문사 측에서 작가를 간섭하지나 않나 하는 거였다.

그런 간섭은 안 받겠다는 뜻을 미리 밝히고 시작한 일인데도 여기저기서 조금씩 얻어들은 상식으로 그런 불쾌한 간섭이 있을지도 모른다고 생각했고, 만약의 경우 어떻게 대처하리라 제법 야무진 적의마저 품고 있었다.

그렇다고 전혀 재미의 문제를 도외시하고 소설을 썼다는 소리는 아니다. 나는 신문소설이 아니라도 소설을 쓸 때 재미의 문제를 의식 안 하고 써본 적은 없다. 내가 들려주고 싶은 이야기를 강요하지 않고 듣게 하기 위해선 우선 재미가 있어야 한다고 생각하기 때문이다. 그러나 신문이 요구하는 오락으로서의 재미와 작가가 생각하는 소설적 재미가 일치하지 않는 경우는 얼마든지 예상할 수 있었다. 그러나 다행히 그런 간섭에 부닥치지 않고 소설을 끝마칠 수가 있었다.

그 대신 후반으로 접어들자 독자로부터의 상당한 간섭이 있었다. 여자들을 왜 불행하게 하느냐, 허성 씨를 너무 가엾게 하지 마라…… 주로 이런 간섭이었다. 그런 간섭은 독자가 내 작품을 그만큼 애독해준 결과로 유쾌하게 여겼지만, 받아들일 수는 없었다.

나는 내 작중인물에게 내가 그들을 창조하면서 지워준 운명대로 살게 할 수밖에 없었다.

실상 내가 독자가 관심 있게 봐주기를 바란 것은 누가 행복하게 되고 누가 불행하게 됐나보다는 어떠어떠한 것들이 허성 씨 가家의 조용한 몰락에 작용했나 하는 것이다. 부자도 가난뱅이도 아닌 보통으로 사는 사람의 생활과 양심의 몰락을 통해 우리가 사는 시대의 정직한 단면을 보여주고자 했을 뿐이다.

또 하나, 나에게 집요한 간섭이 되어 작용한 것은 신문소설이란 형식이었다. 다음 회를 기다리게 끝은 맺는다는 잔꾀 같은 건 처음부터 염두에도 두지 않았지만, 어떻든 8장 미만에서 딱딱 호흡을 끊어야 한다는 것은 나로서는 상당한 괴로움이었다. 이런 고통은 나의 체질과 역량과 다분히 관계가 있는 개인적인 고통일 뿐이지 신문소설 작가의 보편적인 고통이라고는 생각하지 않는다.

결국 일이 어느만큼 진행됨에 따라 용기를 내서 호흡을 끊는 것을 아예 포기하고 그대로 써 내려갔다. 소설을 죽이면서까지 신문소설을 써야 한다고는 생각하지 않았기 때문이다.

그렇게 씌어진 거니만큼 단행본으로 옹글게 독자 앞에 내놓을 수 있게 된 것이 나에겐 각별한 뜻이 있고, 각별히 즐겁다.

나의 토막 난 글들을 옹글게 묶어주신 창작과비평사에 진심으로 감사드린다.

1977년 3월 | 박완서

꼴찌에게 보내는 갈채

산문집 『꼴찌에게 보내는 갈채』
평민사
1977년 4월 10일

〔서문〕**기쁨과 고통과 열성의 토막들**…여기 이렇게 모아 놓은 글들은 감히 에세이라고 부를 만한 것이 못 된다. 애써 이름을 붙이자면 토막글이라고나 할까. 더 적절한 말은 아마 발언이 될 것이다.

신문이나 잡지에서 그때그때의 시사성이 있는 문제나, 상업적인 계획에 따른 문제를 제시하면서 한마디 해 달라는 식으로 글을 요청해와 어쩔 수 없이 쓴 글들이 대부분이니까 발언치고도 자발적인 발언이 아니라 피동적인 발언인 셈이다.

그렇다고 이런 글을 아주 싫어하면서 쓴 것은 아니다. 또 아무렇게나 쉽게 써 갈기지도 않았다. 소설을 쓸 때와 똑같은 기쁨과 고통과 열성으로 썼다.

나는 명색이 소설가지만 소설 외의 글을 기피하거나 무시하려는, 소설에 대한 정조 관념이 거의 없다.

나에겐 소설로써 말하고 싶은 것과 이런 글로써 말하고 싶은 두 가지 욕구가 늘 같이 있었고 나는 이 두 가지를 같이 존중해왔다.

그렇지만 이런 글들을 모아 책을 만들긴 싫었다. 그것은 이런 글들의 시사성이 짙은 발언적 성격 때문이었다. 발언은 발언으로 끝나야 깨끗하지 그 이상을 꿈꾸면 치

사해지기 마련이다.

그랬던 것이 평민사의 젊은 사장님의 설득력 있는 권고에 그만 넘어가서 한 권의 책이 될 부피를 모아보기를 약속하고 말았다. 곧 후회해봤지만 소용이 없었다. 비교적 발언적 성격이 덜한 걸로 고르느라 골라봤다.

기쁨보다 부끄러움이 앞선다. 내가 많이 뻔뻔스러워졌다는 걸 스스로도 알겠다.

수고해주신 평민사 여러분께 깊은 감사를 드린다.

1977년 봄 | 박완서

꼴찌에게 보내는 갈채

산문집 『꼴찌에게 보내는 갈채』
『꼴찌에게 보내는 갈채』 재출간
한양출판
1994년 7월 10일

〔서문〕첫 수필집을 다시 꾸미며…이 수필집은 내 책 중 가장 오랫동안 잊혀지지 않고 읽힌 책이다. 근 20년 동안이나 꾸준히 찾아주는 책을 가지고 있다는 게 저자로서 얼마나 과분한 복이라는 것은 알고 있었지만 책을 돌볼 생각은 미처 못 하고 있었다. 요즈음 들어 더 늙기 전에 주변을 정리해야겠다는 생각을 자주 하게 되는데 아마 나이 탓일 터이다. 제일 먼저 단출하게 해놓아야 할 게 남긴 글들일 성싶어 틈틈이 주로 버리는 일을 하던 중 오랜만에 『꼴찌에게 보내는 갈채』도 다시 읽게 되었다. 거의가 암울한 유신시대에 쓴 '시론'류의 글이라 지금 안목으로는 이해가 안 되거나 웃길 뿐인 대목이 많았다. 그런데도 읽혔다는 건 그 시대에 대한 관심 때문이었을까, 혹은 자료적인 가치 때문이었을까. 잘은 모르는 채로 슬그머니 아깝다는 생각이 들어 되레 덧붙이고 말았다. 이해를 돕기 위해 그 글이 발표된 연대를 첨가하였고, 정 마음에 안 드는 글을 몇 편 뺀 대신 최근에 쓴 무게 있는 글을 몇 편 새로 집어넣었다.

그러고 나니 불현듯 돌아가신 친정, 시댁 양쪽 어머니 생각이 난다. 두 분 다 툭하면 장롱 정리를 잘하셨다. 이까짓 거 나 죽으면 다 구박 맞을 것들이라고, 서글퍼하시면서 장롱 속에 아껴둔 온갖 귀살스러운 것들을 다 꺼내 놓을 때는 당장 내다 버릴 것 같다가도 어느 틈에 슬그머니 제자리에 넣어놓고 다독거리던 그분들 생각이 나서 여간 무안하지가 않다.

이 책을 새롭게 단장해서 출판해준 한양출판사 여러분에게 감사드린다. 아울러 여지껏 이 책을 성의 있게 관리해오다, 새 술을 새 부대에 담고 싶어 한 저자의 마음을 이해하고 동의해준 행림출판사에 대해서는 더욱 깊은 감사를 드린다.

1994년 7월 | 박완서

꼴찌에게 보내는 갈채

산문집 『꼴찌에게 보내는 갈채』
『꼴찌에게 보내는 갈채』 개정증보판
세계사
2002년 3월 28일

〔서문〕**책머리에**…내 전집을 내준 세계사로부터 『꼴찌에게 보내는 갈채』를 다시 내고 싶다는 제안을 받고 문득 이 명이 긴 책이 처음 태어났을 때의 모습이 보고 싶어졌다. 책꽂이 맨 꼭대기 천장 밑에 책 제목이 안 보이게 뉘여서 쌓아놓은 헌책들 사이에서 찾아낸 초판본은 몹시 낡아 있었고 너덜너덜한 표지를 들치니 "원태 간직하거라. 엄마가"라고 쓴 나의 필적이 나왔다. 가슴이 철렁 무겁게 내려앉았다. 원태는 내 죽은 아들이다. 초판본이 나온 날짜가 1977년 4월로 돼 있다. 열다섯 홍안 소년 아들에게 자기가 쓴 책을 선물하면서 어미는 수줍어했을까, 자랑스러워했을까. 잘 생각나지 않는다. 25년이란 긴 세월이다. 그동안 출판사 사정에 의해 판권이 딴 데 넘어간 적도 있고, 시대에 맞게 새롭게 단장하느라 표지나 판형을 바꾸면서 책의 부피도 늘리려고 원고를 대폭 보탠 적도 있다. 그러나 초판본 때의 내용은 지금 읽어보면 우리가 그렇게 살았던 적도 있었던가 잘 믿어지지 않는 것들도 이 책의 중요한 골격이라고 생각해서 늘 그대로 유지해왔다. 그 대신 글 말미에는 꼭 그 글을 쓴 연대를 표기하기로 했다. 소설도 아닌, 산문이 그것도 매우 시사성이 강한 토막글들이 25년 동안이나 한 번도 절판됨이 없

이 꾸준히 젊은 독자들과 만나왔다는 걸 과분한 복으로 알고 늘 고맙게 여기고 있지만 내가 증언한 세월들이 요새 젊은이들에게는 지나간 시대의 풍속사쯤으로 읽힐 생각을 하니 내 나이가 새삼 무안해진다.

이제 세월 속에 묻혀버려도 여한이 없는 책을 다시 불러내 새롭게 단장하느라 수고해주신 세계사 여러분 감사합니다.

2002년 3월 | 박완서

혼자 부르는 합창

산문집 『혼자 부르는 합창』
진문출판사
1977년 5월 20일

〔발문〕**책 뒤에**…구차하게 여기저기 흩어진 잡문을 긁어 모아 책을 낸다는 걸 부끄러운 일로 알았었는데 벌써 두 번째 이 짓을 한다.

처음 이런 짓을 할 때만 해도 많이 망설였었는데 두 번째는 별로 망설이지도 않은 것 같다. 그만큼 뻔뻔해졌다고나 할까, 이골이 났다고나 할까.

그러니까 이번 것은 두 번째로 묶은 건데 처음 추릴 때 될 수 있는 대로 나를 덜 드러낸 걸 추렸기 때문에 남은 것은 자연히 나를 많이 드러낸 게 되고 말았다.

뭇사람 앞에 벌거벗은 후안무치로 이 한 권의 책을 엮는다.

그동안 수고해주신 진문출판사 여러분께 감사드린다.

1977년 5월 | 박완서

창밖은 봄

소설집 『창밖은 봄』
열화당
1977년 7월 20일

〔서문〕**작가 자신이 쓴 박완서 연보**…1931년 경기도 개풍군 청교면 묵송리 박적골이란 한촌에서 반남 박씨 문중 박영노의 장녀로 태어났다.

위로 열 살 맏이의 오빠가 있었고, 네 살 때 아버지를 여의어, 아버지에 대한 기억은 거의 없다. 어머니가 오빠만은 대처에서 공부시킨다고 서울로 데리고 갔기 때문에 조부모님과 숙부모님 밑에서 쓸쓸한 어린 시절을 보냈다.

한번 울기 시작하면 온종일 그치지 않는 버릇과, 저녁 때면 동구 밖을 바라보고 쪼그리고 앉아서 막무가내 저녁 먹으러 들어가지 않는 버릇이 있어 숙모님의 속을 많이 썩여드렸다.

마을에서 고개를 하나 넘으면 유리창이 달린 간이학교가 있었고, 그곳 여선생님의 까만 통치마에 히사시까미 한 머리는 내가 처음 본 신여성의 모습이었다. 나는 그 간이학교에 갈 수 있기를 바랐으나 조부님은 나에게 『천자문』을 떼어주시고 떡 해주시고 나서, 다시 『동몽선습』을 가르치기 시작하시는 것이었다. 그때 어머니가 서울서 내려오셔서 머리 꼬랑이를 쌍둥 잘라 단발머리를 시키시더니 서울로 데리고 올라오셨다.

곧 매동국민학교에 입학했으나 급변한 환경에 적응치 못해 친구도 못 사귀고 공부도 잘 못했다. 3, 4학년 때 가서야 학교 가기 싫어하는 버릇도 나아지고 공부에 취미도 붙였다.

1944년 일제의 패색이 짙어질 무렵 숙명여고에 입학했다. 이듬해 여름에 해방을 맞아 자유니 민주주의니 하는 희한한 소리를 처음 듣고 신선한 놀라움을 맛보았다. 학생들의 자치활동이 장려되고 학생회라는 게 생겨난 것까지는 좋았으나, 툭하면 수업을 거부하고 강당에 모여 ××선생 물러나라느니, ○○선생님을 교장으로 절대 지지하느니 하는 토론을 벌였고, 이런 열띤 자치활동은 당시의 사회상인 좌우익의 대립을 닮은 양상을 띠기 시작했다.

한편 시중에는 일본인들이 버리고 간 책들이 범람해 나는 닥치는 대로 일역의 외국문학 서적을 탐독하기 시작했고, 아마 일생 중 가장 많은 책을 그 시절에 읽었을 것이다.

학제가 변경돼 4년제 여고가 6년제의 여중으로 바뀌었고, 여중 5학년이 되자 문과, 이과, 가사家事과로 나뉘어, 대학에 진학할 사람은 대개 문과, 이과를 택했으나, 별다른 진학지도나 수험 공부 같은 건 시키지도 않았고 하지도 않았다. 나는 여전히 수업 시간에도 교과서와는 상관없는 책만 읽었으나 성적은 좋았다. 소설로 나보다 훨씬 먼저 문단에 나온 한말숙, 시를 쓰는 박명성, 김양식 등이 당시 같은 반이었으나 나는 한말숙하고만 단짝이었고, 박명성은 반장이었고, 김양식은 인기 있는 농구 선수였다.

1950년 서울대 문리대 국문과에 입학했다. 박명성도 같은 국문과였고 한말숙은 언어학과였다.

곧 6·25가 났다. 오빠와 숙부님이 비명에 죽고, 고향 땅은 북쪽 땅이 되었다. 나는 오빠하고의 우애도 각별했지만 숙부님은 아버지 없는 우리들에게 물심양면으로 아버지와 다름없는 분이었으므로 충격이 컸다. 전쟁의 와중에서 죽었으되 전사도 폭사도 아닌, 사상의 대립이 초래한 동족 간의 전쟁이라는 특수성에 희생된 고통스럽고 값 없는 그들의 죽음은 그 후 오랫동안 나에게 악몽으로 남아 있다.

졸지에 노모와 올케, 조카들 등 오빠가 남긴 유족의 생계가 나에게 실려 왔으므로, 당시의 가장 손쉬운 직업으로 미군부대를 전전했다.

지금의 남편과 알게 되어 사랑에 빠졌다. 1953년 가족들의 완강한 반대에 부딪쳤으나 그와 결혼했다.

그 후 10년 동안에 1남 4녀의 아이를 낳았다. 아이를 낳고 기르는 생활에 열중했고, 행복했다. 《현대문학》지를 통해 데뷔한 한말숙이가 가끔 놀러와 살림에만 파묻힌 나에게 더러 자극이 될 말을 해주었으나, 살림 재미에 사로잡히다시피 한 나는 그 밖의 일엔 아무런 관심도 없었다. 자연 그녀와의 우정도 소원해졌다.

막내까지 잔손이 안 가게 길러놓고 나니 나는 심심해졌다. 심심하다는 느낌은 느닷없이 엄청난 불행감이 되어 나를 엄습했다.

아이들은 이미 나의 24시간의 보살핌을 필요로 하는 어린애가 아니었다. 아이들에게도, 남편에게도 집 밖에서의 일이 더 많이 있고, 그 일은 점점 확대되어 가는데, 나는 그들을 보살피고 기다리는 게 전부고 그 일이나마 하루하루 놓쳐가고 있다는 깨달음이 나를 비참하게 했다. 나도 뭔가 나만의 일을 가져야겠다고 생각하기 시작했다. 나같이 열정적인 여자가 계속 그 일정을 가족에게만 쏟는다면 종당엔 가족관계를 지옥으로 만들 것이 뻔했다.

그 무렵 《신동아》에서 한 논픽션 모집을 보고 내가 한때 알고 지낸 일이 있는 박수근 화백의 전기를 써보고 싶단 생각을 했다. 그보다 앞서 그분의 유작전을 보고, 그분의 그림값이 사후에 엄청나게 뛴 걸 알았을 때의 착잡한 심정도 있고 해서, 꼭 그분이 가장 빈궁했을 때의 모습을 증언해야겠다는 사명감을 걷잡을 수 없게 되었다.

그러나 막상 쓰기 시작하고 보니, 사실을 증언해야 하는 논픽션에서 나는 자주자주 거짓말을 시키고 있었고, 거짓말을 시킴으로써 기쁨을 느끼고 있었다.

나는 깜짝 놀라면서 황급히 거짓말 부분을 깎아내고 사실에 충실하려고 애썼지만 사실만 가지곤 도저히 그분을 살아 움직이게 할 수가 없었다.

드디어 나는 사실을 쓰기를 포기하고 마음대로 거짓말을 시키기로 작정했다. 그것은 내가 거짓말의 유혹에 넘어간 게 아니라, 허구로써 오히려 내가 그리고자 하는 인물을 진실에 가깝게 그릴 수 있다는 소설의 초보를 체득했기 때문일 것이다. 그래서 된 게 처녀작 『나목』(열화당刊)이었고 거짓말이기 때문에 논픽션에 응모할 자격은 자동적으로 상실한 셈이었으니, 《여성동아》의 여류장편소설 모집에 응모해서 당선됐다. 그게 1970년 10월의 일이다. 당선 통지를 해준 기자가 앞으로 원고 청탁이 밀릴 테니 바빠질 거라고 걱정을 해주었다. 문단 사정이나 문예지에 작품이 실리는 켯속에 대해 전혀 무지했던 나는 그 소리를 곧이곧대로 믿고 더럭 겁이 나서 황급히 작품 준비를 했다. 그때 쓴 게 「세모」와 「어떤 나들이」 두 개의 단편이다.

그러나 아무 데서도 원고 청탁은 없었고, 나는 내가 작가가 된 건지 안 된 건지 알 수가 없었다. 처음으로 문예지에서 원고 청탁을 받기는 《월간문학》의 이문구 씨로부터였는데, 그땐 그게 어찌나 기뻤던지 나는 지금까지도 이문구 씨를 혼자서 좋아할 지경이다.

1971년 「어떤 나들이」(《월간문학》), 「세모」(《여성동아》)

1972년 장편 「한발기」《여성동아》 연재, 「세상에서 제일 무거운 틀니」(《현대문학》)

1973년 「부처님 근처」(《현대문학》), 「지렁이 울음소리」(《신동아》), 「주말농장」(《문학사상》)

1974년 「맏사위」, 「연인들」, 「이별의 김포공항」, 「어느 시시한 사내 얘기」, 「닮은 방들」, 「부끄러움을 가르칩니다」, 「재수굿」.

1975년 「카메라와 워커」, 「도둑맞은 가난」, 「서러운 순방」, 「겨울 나들이」, 「저렇게 많이!」, 「도시의 흉년」을 《문학사상》에 연재하기 시작.

1976년 「어떤 야만」, 「포말의 집」, 「배반의 여름」, 「조그만 체험기」. 창작집 『부끄러움을 가르칩니다』(일지사), 「휘청거리는 오후」 — 《동아일보》에 연재.

1977년 「흑과부」, 「돌아온 땅」, 「상」, 「꿈을 찍는 사진사」, 「여인들」.

이런 작품들을 비교적 고른 지면의 혜택으로 발표해 왔으나, 정통적인 문학 수업을 받은 바도 없이, 또 사사한 스승도, 영향을 주고받은 문우도, 피나는 습작 시절조차 없이 어설프게 틈입자처럼 문단에 뛰어들었다는 열등감과 소외감이 항상 나에겐 있다.

그러나 작가로서의 최소한의 조건, 사물의 허위에 속지 않고 본질에 접근할 수 있는 직관의 눈과, 이 시대의 문학이 이 시대의 작가에게 지워준 짐이 아무리 벅차도 결코 그걸 피하거나 덜려고 잔꾀를 부리지 않을 성실성만은 갖추었다라는 자부심 역시 나는 갖고 있다. 물론 살을 깎고 피를 말리는 작업 끝에 내가 기껏 허명을 섬기기 위해 그런 고역을 치렀구나 하고 뒤통수를 얻어맞은 것처럼 깨달을 때가 한두 번이 아니다. 내가 지금 도달해 버둥대고 있는 위치가 누추한 허명의 함정 속인지도 모르겠다. 함정을 함정으로 철저하게 인식하는 것만이 그

곳에 매몰됨이 없이 성장의 한 과정을 삼는 길이라고 생각한다.

앞으로 대작을 쓸 자신은 왠지 없다. 그러나 늙을수록 조금씩 더 나은 작품을 쓸 자신이 있고, 여사 티 안 나게 조촐하고 다소곳이 늙을 자신도 있다.

도시의 흉년

장편소설 『도시의 흉년 1, 2, 3』
문학사상사
1977년 12월 20일(1, 2), 1979년 6월 30일(3)

〔발문〕**후기**…지금의 사오십 대는 전쟁을 치르고, 가난을 견디고, 어렵게 부와 근대화를 이룩한 주역이니만큼 그들이 터득한 삶의 방법에 자신만만하고, 너무 자신만만한 나머지 그 방법으로 젊은 세대를 얼마든지 간섭할 수 있다고 생각한다.

그러나 한때 그들이 그들 자신을 만들었듯이 오늘날의 젊은 세대도 그들 자신의 방법으로 살아가려는 걸 막을 순 없다. 아무리 부모에겐 신앙이라도 젊은 세대의 자유로운 정신으로 승복할 수 없을 땐 타개해야 할 미신 대접밖에 못 받는다.

『도시의 흉년』은 지씨 가의 부모 자식 간의 갈등을 통해 젊은 세대가 이런 근대적인 미신을 어떻게 갈파하고 파괴하고 자기 나름의 삶의 방법, 사랑의 방법을 찾아내는가를 보여주고자 한 이야기이나, 미신적인 게 자유로운 정신에 끼치는 해악을 효과적으로 극명하게 드러내기 위해 수빈, 수연의 오누이 쌍둥이를 설정해 상피 붙을지도 모른다는 원시적인 공포로 간간이 그들의 의식을 가위눌리게 했다. 그러나 그들이 그들을 억압하던 온갖 미신적인 것을 타개하고 획득한 새로운 삶의 모습을 구체적으로 보여주는 일은 아꼈다.

그건 이미 결말이고, 내가 40여 개월 동안 심혈을 기울여 사랑한 나의 사랑스런 주인공들은 결말을 맞기엔 너무 젊기 때문이다.

1977년 | 박완서

목마른 계절

장편소설『목마른 계절』
수문서관
1978년 5월 25일

〔**발문**〕**후기**…5, 6년 전 어떤 잡지에 연재했던 작품이다.

데뷔하고 나서의 첫 장편이라 내 나름으론 열심히 쓴 거였지만 다시 읽어보니 곳곳에 경험이 너무 생경하게 노출돼 있는 게 싫게 느껴졌다.

크게 뜯어고칠까도 했으나 뜻대로 되지 않았다.

6·25 이야기에 관한 한 지금 다시 써도 이렇게 쓸 수밖에 없을 것 같다.

나는 요새 건망증이 매우 심해 가족들한테 핀잔도 받고, 더러는 실수도 한다.

그러나 6·25의 기억만은 좀처럼 원거리로 물러나주지 않는다. 아직도 부스럼 딱지처럼 붙이고 산다.

훗날, 딱지가 떨어지면 좀 더 걸러지고 정돈된 이야기를 만들 수 있을 텐데 하고 아쉬워하면서 일단 한 권의 책으로 선보인다. 나의 부스럼 딱지가 개인적인 질병이 아닌, 한 시대의 상흔일진대, 그대로의 모습으로 독자와 만나자는 것도 아주 뜻 없는 일만은 아니겠거니 싶어서이다.

독자의 넓은 이해를 바라며, 이 책을 위해 수고해주신 분들께 감사드린다.

1978년 | 박완서

목마른 계절

장편소설 『목마른 계절』
『목마른 계절』 재출간
열린책들
1987년 11월 15일

〔발문〕작가의 말…내가 처음 문단에 나올 때(1970년)만 해도 사십 세에 데뷔하는 일은 좀 희귀했었나 보다. 들고 나온 작품보다는 그 나이에 어떻게……라는 호기심으로 더러 화제가 되었었다. 그동안 습작은 얼마나 했느냐, 응모했다가 떨어진 경험은 몇 번이나 되느냐, 주로 문학에 대한 나의 집념이 보통이 아니라고 여기고 던지는 질문을 많이 받았었다. 그때마다 나는 여간 곤혹스럽지가 않았는데 처음 쓴 작품이 당선되었다고 솔직히 말하면 괜히 잘난 척한 것 같고, 집념은 내가 가장 싫어하는 마음 상태이건만 그것조차 없었다고 하면 꼭 거짓말을 시키고 난 것처럼 떳떳지 못해지곤 했기 때문이다. 그렇지만 그건 집념하곤 달랐다. 그럼 그건 뭐였을까.

6·25 때의 체험은 하도 여러 번 울궈먹어서 6·25 때 내가 어떻게 지냈나는 많이 알려진 셈이다. 그러나 1·4 후퇴 후 텅 빈 서울에 남아서 겪은 일은 유일하게 이 작품에서만 울궈먹었다. 실은 이 경우 울궈먹었단 말도 합당치가 않다. 내가 울궈먹었다는 말을 쓸 때는 체험에다 적당히 소설적인 허구를 가미한 경우인데 이 소설 중에서도 그 시기(이 소설은 1950년 6월부터 다음 해 5월까지의 얘기를 월별로 엮어놓았다)는 의식적으로 허구를

배제하고 철저하게 사실 묘사만 했다. 사실만으로도 너무나 비현실적이어서 지금까지도 나는 그때 내가 과연 그 일을 꿈이 아닌 생시로 겪은 걸까 문득문득 의심스러워질 적이 있다. 이 거대한 도시가 하룻밤 새 텅 비고 인기척의 완전한 진공상태가 된다는 게 어떤 것인지 그대는 상상할 수 있는가. 그때 내가 미치지 않고 온전한 정신으로 살아남을 수 있었던 비결로 그래, 언젠가는 이걸 소설로 쓰리라, 이거야말로 나만의 경험이 아닌가라는 생각이었다. 그건 집념하고는 달랐다. 꿈하고도 달랐다. 그 시기를 발광하지 않고 살아남을 수 있는 유일한 방법이었고, 정신의 숨구멍이었고, 혼자만 본 자의 의무감이었다. 전쟁이 끝나고 세상이 살 만해지고 나 또한 보통 사람으로서의 무사안일을 누리는 동안 그건 짜릿한 예감이 되어 나의 안일에 잠복해 있다가 발병처럼 갑자기 망각을 들쑤성거리곤 했다. 그래서 처음으로 세상에 글쟁이로 선을 보이게 되었을 때의 감상도 꿈을 이루었다든가, 노력한 결실을 거두었다든가 하는 보람보다는 마침내 쓰는 일을 피할 수 없게 되었다는 안도나 체념에 가까운 거였다. 그러나 언젠가는 꼭 소설로 쓸 작정만이 구원이었던 그 시기를 막상 소설로 쓸 때는 상상력이 조금도 움직여주지 않았다. 상상력이 먹혀들 여지가 없을 만큼 그 시절은 사실 그 자체만으로 충분히 끔찍하기도 했지만, 나 혼자만 보고 겪은 사실에 대한 두려움과 책임감이 소설에 대한 욕심보다는 증언 쪽에 더 중점을 두게 했다. 특히 6월에서 9월까지 사이의 S대 문리대 민청의

활동 상황과 1월과 2월의 공동화된 도시의 모습과 빈 도시를 점령한 인민군의 여름과는 또 다른 모습은 겪은 대로의 사실의 기록일 뿐 추측이나 상상력은 들어 있지 않다. 같은 상황을 목격한 이가 있어 사실과 틀린 점을 지적할 수 있을지라도 그건 기억력의 차이이지 소설적인 기교나 필요성에 의해 그리된 것은 아닐 것이다.

이 소설을 쓴 것은 『나목』으로 데뷔하고 나서 곧 《여성동아》에서 연재의 기회를 주어서였으니 지금부터 15년 전이 된다. 수문서관에서 한 번 책으로 묶었다가 그 후 절판된 것을 열린책들에서 다시 한번 내보겠다고 제의해 온 것을 기회로 나도 오래간만에 다시 읽어볼 수가 있었다. 지금의 안목으로 손보고 싶은 데도 적지 않아 좋은 이야깃거리를 너무 서둘러서 써버리지 않았나도 싶었지만 그때의 기억력 아니면 그토록 상세하게 떠올릴 수 없었을 게 분명한 충실한 사실 묘사 부분 때문에 역시 그때 쓰기를 잘했다 싶기도 했다. 그러나 지금만큼만 내가 유명(?)해진 후에 썼더라면 좀 더 널리 읽혔을걸 하는 아쉬움이 생기는 건 역시 그 논픽션 부분이니 도무지 앞뒤가 일치되지 아니한 마음 상태라 할밖에 없다. 열린책들의 제의가 솔깃했던 건 나의 이런 자가당착을 해소할 수 있을지도 모른다는 숨은 욕심 때문이 아니었을까. 욕심이란 조만간 부끄러움을 맞게 돼 있다는 것쯤은 각오하고 있지만 열린책들이 내 소설에 대한 호의 때문에 크게 손해나 보면 어쩌나 싶어 여간 망설여지지 않는다. 미체험 세대에게 소설로보다는 자료로 새롭게 받아들여지길 바라는 마음으로 애써 망설임을 떨구었다.

열린책들 여러분의 성의와 노고에 깊은 감사를 드린다.

배반의 여름

소설집 『배반의 여름』
창작과비평사
1978년 12월 10일

(서문) **책머리에**…이 책의 이야기들은 첫 창작집 『부끄러움을 가르칩니다』 이후 3년 동안에 쓴 단편을 모은 것이다.

지금 새삼스럽게 첫 창작집 이름이 천막 교실의 플래카드만큼이나 치기와 사명감에 넘쳐 있다 싶으면서 무안해지기까지 하는 게, 그때만 해도 나는 나의 문학으로써 어떤 깃발을 삼을 수 있다고 생각했던 게 아닌가 싶다. 그렇다고 지금은 나의 문학을 깃발 아닌 다른 무엇으로 삼겠다고 말할 수 있는 것도 아니다. 하다못해 죽는 날까지 나의 업으로 삼을 자신마저도 종종 흔들린다. 나의 문학이 나를 떠나 무엇이 되어 나의 이웃들과 만나질 것인지 나는 점점 더 모르겠다.

또 하나의 책을 내면서도 이것이 이 땅의 문학에 보탬이 되기보다는 활자 공해에 보탬이 되지나 않을까 싶어 이리저리 눈치 보인다.

두 번씩이나 거듭 나의 책을 위해 수고해주신 창작과비평사 여러분께 감사드린다.

1978년 11월 | 저자

마지막 임금님

동화집『마지막 임금님』
『달걀은 달걀로 갚으렴』 재출간
샘터
1980년 4월 30일

〔**발문**〕**작가 후기**…좀 편해지고 싶은 나이에 소설을 쓰기 시작해서 근 10년을 늘 고달프게 쫓기면서 살아왔다. 처녀작 빼고는 자발적으로 글을 쓸 겨를이 없었다. 소설이고 잡문이고 청탁에 덜미를 잡혀가며 가까스로 만들어내는 각박한 나날이었다.

그러면서도 자발적으로 글을 써보고 싶다는 꿈은 있었고, 어느 해 겨울이던가는 문득 그것을 걷잡을 수가 없었다. 그래서 긴긴 겨울밤을 빼앗다시피 내 것으로 만들었고, 신들리다시피 쓴 글이 여기 모인 글들이다.

이 글을 쓰는 동안 거짓 없이 순수했으므로 행복했다. 순수한 마음으로 쓰여진 것들이기 때문에 순수한 마음들과 만나지길 꿈꿨고, 그래서 감히 '동화'라고 이름 붙였다.

내 글을 동화라고 이름 붙이는 일로부터, 그게 어리고 고운 마음을 찾아나서는 일까지를 선뜻 맡아주신 샘터사 여러분께 마음으로부터의 감사를 드린다.

1980년 3월 | 박완서

살아 있는 날의 시작

장편소설『살아 있는 날의 시작』
전예원
1980년 7월 20일

〔**발문**〕**후기**…사람을 사람답게 살지 못하게 억누르는 온갖 드러난 힘과 드러나지 않은 음모와의 싸움은 문학의 피할 수 없는 운명이라고 생각한다.

문학의 싸움을 걸 상대의 힘이 터무니없이 커졌을 때라든가 종잡을 수 없이 간교해졌을 때도 그런 싸움을 중단하거나 후퇴시켰던 적은 없고, 그럼으로써 문학한다는 게 본인에게만 보이는 훈장처럼 스스로 자랑스러울 수 있지 않나 싶다.

그러나 남자와 여자 사이에 있는 이런 억압의 관계만은 별로 문학의 도전을 안 받으면서 보호 조장돼왔던 것 같다. 도전은커녕 그런 관계를 비호하고 미화하는 것들 편에 섰다는 혐의조차 짙다. 그렇다고 그 까닭을 문학하는 사람이 남자가 여자보다 수적으로 우세하기 때문이라고는 생각하진 않는다. 그런 것들은 자기가 두둔하고 있는 쪽뿐 아니라 억누르고 있는 쪽한테까지 자기편이란 착각을 일으키게 할 만큼 아름답고 낯익은 미풍양속이란 탈을 쓰고 있기 때문일 게다.

그러나 내가 감히 그런 것들에게 싸움을 걸어보려 했던 것은 내가 여자라는 것과 무관하진 않다고 생각한다.

언제고 꼭 써보고 싶은 이야기였지만 이것으로 끝난

얘기는 아니다. 집요하게 되풀이 시도해볼 만한 이야기라고 생각한다. 그러나 일회성을 무시할 수 없는 신문소설에 담기에는 너무 줄기찬 이야기가 아니었던가 싶다.

이 이야기를 신문에 연재하는 동안 내가 접할 수 있는 독자의 반응이란 목청 높은 비난 아니면 냉랭한 무관심이었다. 고독한 작업이었다. 고독에 못 이겨 주제를 흐지부지하거나 적당히 가당하지 않고 내가 담고 싶은 메시지에 끝까지 충실했음을 내 나름의 성과라고 생각하고 자위하고 있다.

작품을 끝내고 났을 때마다 느끼는 거지만 나의 글은 다른 아무하고도 아닌 바로 나 자신과의 싸움의 흔적일 뿐인 것 같다.

그러나 이 작품을 통해 작가라면 누구나 만나기를 꿈꾸는 참으로 좋은 독자를 몇 분 만날 수 있었던 것은 자랑하고픈 보배로운 수확이라고 생각한다. 그분들을 위해서라도 계속 깨어 있는 작가가 되어야겠다.

여러 가지로 바쁘고 경황없으신 중에 발문을 써주시어 졸작을 빛내주신 박경리 선생님에게는 뭐라고 감사의 말씀을 드려야 옳을지 몸 둘 바를 모르겠다.

내 소설에 각별한 애정을 갖고 출판을 위해 애 많이 써주신 전예원의 김진홍 사장님께 깊은 감사를 드린다.

1980년 무더운 여름날 | 박완서

오만과 몽상

장편소설 『오만과 몽상』
한국문학사
1982년 8월 30일

〔**발문**〕**후기**…이 소설은 《한국문학》에 2년여에 걸쳐 연재됐던 장편이다.

참 듣기 싫은 소리지만 독립투사의 후손은 제대로 된 교육조차 못 받아 지지리 못살고, 반대로 친일파의 후손은 다 잘산다는 얘기가 있다.

이 소설은 그렇게 대립되는 두 가계의 후손으로 태어난 두 젊은이가 그런 더러운 상식에 각기 자기 나름의 방법으로 항거하는 이야기이다.

장이 바뀔 때마다 두 주인공(현과 남상)이 번갈아 등장하고, 또 이 소설의 제목이 『오만과 몽상』이어선지 한 주인공은 오만의, 또 한 주인공은 몽상의 상징으로 설정했다고 생각하는 독자도 더러 있는 모양이었다. 연재 중 누가 오만이고 누가 몽상이냐는 질문을 가끔 받았었다. 그게 아니고 나는 오만과 몽상을 다만 젊음의 특질, 특권으로 보았을 뿐이었다.

이 장장한 이야기는 주인공들의 고등학교 3학년 때부터 시작해서 삼십 대 초반, 그러니까 젊다고만은 볼 수 없는 시기에서 끝나지만, 오만과 몽상의 뒤끝이 비굴과 현실 추종이란 정석으로 달리지 않도록 애썼다. 나는 내가 낳은 그 두 젊은이를 사랑했기에 그들이 오만의 시기를 넘기고 겸허를 얻기를, 몽상에서 깨어나 현실을 직시할 수 있는 용기를 갖기를 바라고 지켜보았다.

친일파의 후손인 현이 실은 행랑아범의 자식이었다는 폭로는 나로서는 많이 망설인 대목이었다. 나는 내 소설 속에서 이런 기구한 운명을 다룬 적이 별로 없는데 그러기를 스스로 삼가왔던 것 같다. 물론 그게 나쁘다고 생각해서가 아니라 우리의 삶을 드러내 보이는 소설가로서의 관점의 문제이지만.

여기서 특별히 그런 기구한 출생을 다룬 건 남상이가 꿈꾸는 복수의 허망함과, 줄기차게 잘사는 복福 좋은 삶의 실상은 비어 있음과 거짓 꾸며져 있음을 드러내 보이기 위한 한 방편이었을 뿐이다.

나중 부분이 좀 아쉬운 대로 끝냈는데도 한데 묶어놓고 보니 그 부피 많음이 새삼 놀랍다. 《한국문학》의 다달의 성화같은 독촉이 없었던들 어찌 이 긴 이야기를 끝까지 끌고 갈 수 있었으랴.

그때는 지겹더니만 독촉하는 소리를 안 듣게 되고 나니 그때가 그립다. 채찍질이 있어야만 움직일 수 있는 나의 한계를 생각할 때 더욱 그렇다.

그러고 보니 이 책이 있기까지는 처음부터 끝까지 한국문학사의 은혜가 크다. 그러나 그 속이 잘나고 못나고의 책임은 아무 데도 미룰 수 없는 온전한 나의 것이라고 생각하니 책을 내는 일이 두려울 뿐이다.

아무리 어려운 일 내키지 않는 일도 거듭하는 사이에 익숙해지게 마련인데 책 내는 일만은 거듭할수록 망설여지고 눈치가 보이더니 이젠 겁까지 난다. 행여 문학에 대한 나의 순애만은 아직 때 타지 않았기 때문에 그러한가 은근히 자위해본다.

이 책이 있기까지의 한국문학사의 은혜에 다시 한번 깊은 감사를 드린다.

1982년 7월 | 박완서

오만과 몽상

장편소설 『오만과 몽상』
『오만과 몽상』 재출간
고려원
1985년 8월 15일

〔**발문**〕**작가의 말**…이 소설은 《한국문학》에 2년여에 걸쳐 연재됐던 장편이다.

참 듣기 싫은 소리지만 독립투사의 후손은 제대로 된 교육조차 못 받아 지지리 못살고, 반대로 친일파의 후손은 다 잘산다는 얘기가 있다.

이 소설은 그렇게 대립되는 두 가계의 후손으로 태어난 두 젊은이가 그런 더러운 상식에 각기 자기 나름의 방법으로 항거하는 이야기이다.

장이 바뀔 때마다 두 주인공(현과 남상)이 번갈아 등장하고, 또 이 소설의 제목이 『오만과 몽상』이어선지 한 주인공은 오만의, 또 한 주인공은 몽상의 상징으로 설정했다고 생각하는 독자도 더러 있는 모양이었다. 연재 중 누가 오만이고 누가 몽상이냐는 질문을 가끔 받았었다. 그게 아니고 나는 오만과 몽상을 다만 젊음의 특질, 특권으로 보았을 뿐이었다.

이 장장한 이야기는 주인공들의 고등학교 3학년 때부터 시작해서 삼십 대 초반, 그러니까 젊다고만은 볼 수 없는 시기에서 끝나지만, 오만과 몽상의 뒤끝이 비굴과 현실 추종이란 정석으로 달리지 않도록 애썼다. 나는 내가 낳은 그 두 젊은이를 사랑했기에 그들이 오만의 시기를 넘기고 겸허를 얻기를, 몽상에서 깨어나 현실을 직시할 수 있는 용기를 갖기를 바라고 지켜보았다.

친일파의 후손인 현이 실은 행랑아범의 자식이었다는 폭로는 나로서는 많이 망설인 대목이었다. 나는 내 소설 속에서 이런 기구한 운명을 다룬 적이 별로 없는데 그러기를 스스로 삼가왔던 것 같다. 물론 그게 나쁘다고 생각해서가 아니라 우리의 삶을 드러내 보이는 소설가로서의 관점의 문제이지만.

여기서 특별히 그런 기구한 출생을 다룬 건 남상이가 꿈꾸는 복수의 허망함과, 줄기차게 잘사는 복福 좋은 삶의 실상은 비어 있음과 거짓 꾸며져 있음을 드러내 보이기 위한 방편이었을 뿐이다.

독립투사의 후예를 영락零落으로부터 구하지 못하고 소설을 끝마친 걸 독자들은 많이 섭섭해했었다. 나 역시 끝부분이 아쉽다. 그러나 경제적인 영락으로부터는 못 구했지만 정신적인 영락으로부터는 떨치고 일어날 조짐을 마련해놓으려고 애썼다. 독자가 기개 있는 가게에서 면면히 이어지길 바라는 것 역시 살아 있는 정신이지 경제적 부흥은 아니라고 생각한다. 어느 쪽으로 집안을 다시 일으킬 것인가가 바로 남상이의 고민이자 이 소설의 주된 줄거리이기도 하다. 남상이는 결국 어려운 쪽(기개)의 중흥을 택하게 될 테고, 그게 반드시 쉬운 쪽(경제적)의 실패 때문은 아닐 것이다.

당초에 이 소설을 연재하고 출판한 한국문학사 발행인이 바뀌면서 절판됐던 걸 다시 고려원에서 출판하게 되었다. 다시 독자들과 만나게 되어 기쁘고, 더위에 수고 해주신 고려원 여러분께 감사한다.

1985년 8월 | 박완서

그해 겨울은 따뜻했네

장편소설『그해 겨울은 따뜻했네』
민음사
1983년

〔발문〕책 뒤에…이 소설은 작년 한 해 동안《한국일보》에 연재했던 소설이다. 6·25 때 헤어진 '수지'와 '오목이'라는 이산 자매 애긴데 불행히도 생전에 만나지 못했다. 지금과 같은 '이산가족찾기' 운동이 없어서가 아니라 한쪽이 보고도 못 본 척했기 때문이다. 만남이란 일방적으론 이루어지지 못한다.

공교롭게도 책 뒤에 붙이는 글을 쓰려는 참에 KBS의 〈이산가족찾기〉가 한창이라 연일 눈물 마를 날이 없다. 그 이름에 아직도 생생한 원한이 서린 청천강에서, 임진강에서, 흥남 부두에서, 미아리고개에서, 거제도에서 헤어졌다 삼십몇 년 만에 만난 혈육이 서로 부둥켜안고 통곡할 때마다 덩달아서 오열을 걷잡을 수가 없다. 내가 소설로 만든 비극보다 현실의 비극이 훨씬 처절했다. 영상매체의 기동성과 박진한 현장감은 상대적으로 언어의 무력을 통감케 한다.

오랜 세월 그리던 혈육이 만나는 걸 볼 때마다 눈물짓고 나서 생각하니 우리가 정말 울어줘야 할 것은 만남의 기쁨이 아니라 아직 못 만난 사람들의 통한이 아닐까 싶다. 아직 못 만난 사람들이 혈육의 이름을 크게 쓴 표지판을 든 손이 와들와들 떨리고 있고 그 얼굴엔 오랜 세월의 신산과 기다림이 화석처럼 굳어 있다. 만일 그들이 찾는 혈육이 어디선가 그들의 그런 모습을 보고도 못 본 척하고 있다면 그 사람을 용서할 수 있을 것 같지가 않다. 이럴 때의 못 본 척은 용서받지 못할 죄악이다 싶다.

그렇다면 그 정도의 도움으로 그렇게 쉽게 만날 수 있었던 사람들이 여지껏 못 만났던 것은 또 무슨 까닭일까? 그건 우리 모두가 그들의 딱한 사정을, 그들의 찾아 헤맴을 못 본 척했기 때문이 아닐까. 수지의 이기주의 안일주의가 오목이를 못 본 척했던 것처럼 우리 사회에 팽배한 이기하는 마음, 무사안일하려는 마음이 그들을 못 본 척했기 때문이 아닐까. 다행인지 불행인지 전파의 위력도 그런 못 본 척까지 미치진 못한다. 거기에 문학의 설 자리가 아직 남아 있는 건지도 모르겠다.

이 이야기는 그런 못 본 척 이야기다. 전쟁이나 이데올로기가 만든 단절 못지않게 비인간적인 그런 못 본 척에 의해 생긴 단절 이야기다.

이 소설이 신문에 연재되는 동안 독자로부터 자주 들은 요구는 제발 오목이를 그만 불쌍하게 해달라는 거였다. 그런 요구를 들어주지 못한 변명을 그때 같은 신문을 통해 이렇게 말했었다.

'오목이가 너무 불쌍해서 상심한 독자가 있다면, 오목이를 우리 모두가 그동안 좀 더 잘살기 위해, 좀 더 안일하기 위해 짐짓 외면하고 망각한 것들의 편린으로 봐주기 바란다'고.

같은 말로 발문을 삼고자 한다. 내 책을 민음사에서 내게 되어 기쁘다. 수고해주신 민음사 여러분께 깊은 감사를 드린다.

1983년 7월 | 박완서

그해 겨울은 따뜻했네

장편소설 『그해 겨울은 따뜻했네』
『그해 겨울은 따뜻했네』 재출간
중앙일보사
1987년 12월 1일

〔**서문**〕**작가의 말**…이 소설은 82년 한 해 동안 꼬박 《한국일보》에 연재했던 이른바 신문 연재소설이다. 신문소설이란 재미나 인기가 있건 없건 어차피 독자의 반응을 그날그날 피부로 느끼며 써야 한다. 독자의 무관심도 물론 일종의 혹독한 반응이며 인기나 간섭 못지않은 부담이 된다. 이 소설은 그런 무관심의 반응이 아닌 상당히 높은 인기를 누렸음에도 불구하고 그 당시를 회상하면 착잡해지곤 한다. 연재가 후반으로 접어들면서 나는 독자들로부터 악인을 그리는 데 뛰어나다는 평을 들었다. 친한 친구나 이웃까지도 그런 평을 하면서 "너 그런 줄 몰랐더니 다시 봐야겠다"는 말까지 덧붙이면 나는 괜히 부끄럽고 무안해하지 않으면 안 되었다. 그런 말투에서 칭찬보다는 악인에 대해 그렇게 속속들이 잘 아는 너도 필시 악인일 게다라는 의혹 같은 걸 감지했기 때문이다. 여주인공 수지는 그렇게 독자들의 미움을 받았다.

이 이야기는 1·4 후퇴 당시의 피난길에서부터 시작되는데 일곱 살 먹은 수지는 다섯 살 된 동생 수인이와 손잡고 피난민의 혼잡 속에 휩쓸렸다가 동생을 잃는다. 그러나 실은 수지가 일부러 동생을 내다 버린 것이다. 전쟁이 끝난 후 수지는 열심히 수인이를 찾는 척하지만 주위와 자기 자신을 속이기 위한 고도의 기술일 뿐 어느 모로 보나 동생 수인임이 분명한 소녀를 고아원에서 찾아내고도 모르는 척한다. 그렇다고 아주 숨는 것도 아니고 자기 위안을 위한 자선과 기묘한 숨바꼭질을 되풀이한다. 동생이 어쩌면 행복해질 수 있는 기회조차 잔혹하게 짓밟는다. 그리고 가장 타산적인 결혼을 해서 겉으로는 귀부인처럼, 실제로는 차가운 부부 생활을 하면서 자선을 취미처럼 일삼는다. 같은 고아원 출신과 결혼한 수인이는 가난과 남편의 학대로 지옥 같은 결혼 생활을 하다가 중병을 얻어 비극적 종말을 맞는다.

발단은 1·4 후퇴에서 비롯됐지만 내가 그리고자 한 것은 전쟁의 비극이 아니라 풍요의 비극이었다. 폐허에서 떨치고 일어나 60년대의 악착같은 생존경쟁, 70년대의 기적적인 경제성장을 거쳐 80년대의 국민의 반수 이상이 중산층을 자처하게 된 안정과 풍요가 얼마나 냉혹한 이기심과 배타성을 가지고 있나를 보여주고자 했을 뿐이다. 나는 수지를 조금도 특별한 악인이라고 여기지 않았고 중산층 이상의 안이하고 우아한 생활이 보편적으로 함유하고 있는 악을 보여주고자 했을 뿐이다.

공교롭게도 이 소설의 연재가 끝나고 단행본이 나올 무렵 KBS의 〈이산가족찾기〉 운동이 대대적으로 전개되었다. 그때의 거국적인 감동, 만남의 광장으로 변한 KBS 광장, 만남을 이룩한 이산가족과 그 광경을 지켜보는 시청자가 함께 흘린 강 같은 눈물은 지금까지도 모든 국민의 가슴에 생생하게 남아 있을 줄 안다. 이산가족들의 만남에의 열망과 만남 후의 환희와 감동은 이산을 경험하지 못한 사람들의 상상을 초월한 것이었다. 또한 나의 소설이 설정한 허구를 보기 좋게 배반한 실제 상황이기도 했다.

그러나 KBS의 〈이산가족찾기〉를 보고 나서 이 소설을 쓰게 되었다고 해도 나는 그렇게 쓸 수밖에 없었을 것이다. 되려 소설적인 과장이 좀 지나쳤지 않나 싶었던 일곱 살 먹은 아이가 동생을 유기한 이 소설의 발단에 자신을 가질 수 있게 되었다. 자매나 형제보다 더 진한 천륜인 부자나 모자 간에도 유기의 혐의가 짙은 이산가족들을 얼마든지 볼 수 있었기 때문이다.

“엄마 너무했어. 어쩌면 나만 식모로 맡겨버리고……” “아빠 곧 찾으러 온다고 하고 떠나시더니 이제야……” 이런 원망의 소리를 들으며 전쟁을 겪은 세대는 그 비정의 부모를 나무라기보다는 전쟁의 비정이 어제런 듯 떠올려 전율하지 않으면 안 되었다.

물론 대부분의 이산가족은 피난을 따로 나오거나 피난 도중 잠깐의 부주의로 헤어진 경우였다. 그렇더라도 그들의 너무 오랜 헤어짐에 그들의 잘못은 조금도 없었다고 할 수 있을까. 만나서 감동하고 눈물을 흘리고 혈연임을 확인하는 것만으로 가족이나 친척이 될 수는 없다. 가족이나 친척은 혈연관계인 동시에 오랫동안 서로 공들인 관계다. 헤어져 산 일이 없는 가족이나 친척도 가진 것의 차이나 생각의 차이로 결속이 불가능해지고 반목까지 하게 되는 걸 우리는 너무 많이 보아왔다. 특히 가진 것의 차이는 이산가족이 다시 가족이나 친척으로 맺어지는 데 가장 큰 장애요인이 되리라.

이 소설에서 이데올로기가 갈라놓은 것 못지않은 완강한 힘으로 잘살게 된 우리 사이를 갈라놓고 있는 풍요의 울타리, 안일주의의 무자비한 '모르는 척' 등을 집요하게 드러내 보인 건 작가의 몫이었지만, 독자의 몫은 그것을 넘어서 정말 있어야 할 삶의 모습을 꿈꾸는 것이 되었으면 얼마나 좋을까, 하는 게 나의 꿈이다.

1987년 8월 | 박완서

서 있는 여자

장편소설 『서 있는 여자』
학원사
1985년 2월 15일

〔발문〕작가 후기—결혼이라는 제도…결혼이란 제도는 꼭 있어야 하는 걸까? 결혼에 의해 생긴 가정이라는 우리 사회의 기본 단위가 반드시 지킬 만한 것이고 어떤 이유로도 침해받아서는 안 될 신성한 것이라면 그것을 지킬 책임이 왜 아내에게만 지워져야 하는 걸까?

혼자 사는 여자는 다만 혼자 산다는 이유만으로 불행하기만 한 것일까? 아내가 남편 외의 외간 남자에게 한눈판 건 두말할 여지도 없이 부도덕하고, 이구동성으로 비난받아 마땅한 반면, 남편이 아내 외의 여자를 장난삼아 범한 것에는 그토록 관대하고 떳떳하다고까지 부추기는 게 과연 미풍양속일까?

아내가 한눈파는 게 외간 남자가 아닌 자신의 '일'일 때 우리의 미풍양속은 그 여자에게 어떤 벌을 내릴 것이며, 남편은 이 새롭게 대두된 라이벌에게 어떻게 대처할 것인가? 등등 진부하다면 진부하고 새롭다면 새로운 문제를 모녀의 결혼관과 사는 모습을 통해 제기해보려고 했다.

그러나 이 글을 「떠도는 결혼」이라는 제목으로 《주부생활》에 연재하면서, 《주부생활》 독자가 얼마나 보수적인가를 통감해야 했다. 결혼이란 제도는 어떤 풍파든지 견디고, 종당엔 해피엔딩을 맞아야 한다는 독자들의 극성스런 바람은 나에게 적지 않은 압력이 되었다. 또 나 자신의 바탕 역시 보수적이라는 것도 문제였다.

당초의 의도대로 어머니 세대의 결혼은 아내가 온갖 굴욕을 참고 자신을 죽이면서 그 제도를 지키는 걸로, 딸 세대는 아내만이 일방적으로 그 제도를 지키는 일의 무의미함을 깨닫고 과감히 혼자가 되는 걸로 결말을 맺어, 《주부생활》 독자들의 기대를 배반하기가 나로서는 무척 힘든 일이었다.

연재하는 동안 성원해주시고 간섭해주신 독자들에게 이 기회를 빌려 양해를 구하는 바이다.

나는 물론 어머니 세대보다 딸 세대에 더 많은 애정을 가지고 그렸다. 그러므로 그 여자를 혼자 살게 한 게 곧 그 여자를 불행하게 만든 거라고 생각하지 말기를 바란다.

내가 이 소설을 통해 정말 보여주고 싶었던 것은 혼자 살아도 행복할 수 있나 없나보다는, 남자와 여자의 평등을 바탕으로 하지 않은 결혼이 과연 행복할 수 있나 없나라는 내 딴엔 좀 새로운 문제였다.

나의 사랑하는 주인공 연지는 그 문제에 일찌감치 눈뜬 똑똑한 여자였지만, 평등을 자신이 앞으로 애써 지혜롭고 고되게 획득해나갈 문제라고 여기지 않고 자기만은 쉽게 얻을 수 있다고 믿었다. 독자는 거기서부터 비롯된 똑똑한 여자의 중대한 착오를 주의 깊게 봐주었으면 싶다.

연재로부터 책이 나오기까지 오랫동안 수고해주신 학원사 여러분께 감사드린다.

박완서

그 가을의 사흘 동안

소설집 『그 가을의 사흘 동안』
나남
1985년 3월 5일

〔서문〕작가 서문—내 이야기에 거는 꿈…작년 7월 1일 영세를 받았다. 몹시 더운 날이었다. 상가 5층에 있는 성당 안은 한증막 속 같았다. 내가 듣기론 영세를 받을 때는 누구든지 감동의 눈물을 흘린다고 했다. 나도 흠빽 울 수 있기를 바랐고, 그게 내가 영세를 받는 목적 중의 하나이기도 했지만 나는 눈물을 흘릴 수가 없었다. 더웁다는 육체적 고통 이외의 것은 아무것도 생각할 수가 없었다. 눈물 대신 땀만 흠빽 흘렸다. 의식이 끝나고 기념으로 단체 사진을 찍을 일이 남았는데 그동안을 못 참고 그 사방이 꽉 막힌 성당을 벗어나 냉방이 잘된 식당에 가서 점심을 먹었다.

그래도 그 후 한 번도 주일 미사를 거른 적이 없다. 그렇다고 신앙인이라는 자신이 있는 것은 아니다. 보이지 않는 분과 자유의사로 맺은 약속이란 자신과의 약속과도 다름없어서, 호락호락 파기한다는 것은 이중으로 자신을 욕보이는 일 같아 차마 못 하고 있을 따름인지도 몰랐다. 그분과 그런 엄청난 약속을 하기까지 어떤 특이한 영적 체험이나 열성적인 교우의 인도가 있었던 것도 아니다. 어느 날 문득 "하나님께서 보시기에 참 좋았더라"라는 창세기의 한 구절이 매우 아름답게 느껴졌다. 그걸 그날 처음 본 것도 아닌데 새로운 발견처럼 신선하고 경이롭게 와닿았다. 그래서 성경을 읽기 시작했지만 다 좋았던 건 아니다. 구약에선 겨우 전도서를 좋아했을 뿐 뭐가 뭔지 모르고 넘어갔지만, 신약에선 또 뛰어나게 아름답고 감동적인 대목과 만날 수가 있었다. 그러나 그런 만남이 종교적인 체험인지 문학적인 체험인지는 영세를 받고 난 지금까지도 확실치가 않다. 내가 느낀 아름다움을 참다웁게 하기 위해 미처 아름답다는 걸 느낄 수 없는 어려운 부분에 대한 이해에 도움이 필요했다. 그래서 시작한 게 가톨릭의 예비자 교리였다. 가톨릭과 개신교 중 가톨릭을 택한 것도 가톨릭에선 공동 번역의 성경을 쓰고, 나에겐 공동 번역이 훨씬 이해하기 쉽다는 단순한 이유 때문이었다. 교리 공부를 통해 가톨릭의 어려운 의식을 익힌 것 외엔 내가 혼자서 만나고 매혹당한 성경의 극히 일부분에서 조금도 더 나아가질 못했다. 교리 공부 외에 열성적인 신도의 성령 체험담에도 더러 귀를 기울여보았지만 그런 얘기 역시 신앙을 갖는 데 별로 도움이 되지 않았다. 나는 어려서부터 옛날 얘기를 좋아했지만 귀신 얘기는 질색이었는데 내가 들은 간증은 하나같이 귀신 얘기를 닮아서 심한 혐오감을 느끼곤 했다. 신령한 체험을 그렇게 받아들이는 걸 그 사람들이 눈치챈다면 나를 마귀 취급할 것 같아 슬그머니 그 자리를 피해 나온 적도 있었다. 예비자 교리가 끝나고 영세를 받을 차례가 되자 별안간 두려운 생각이 났다. 그리스도가 동정녀 마리아께 잉태되어 나시고, 십자가에 못 박혀 죽으신 지 사흘 만에 죽은 이들 가운데서 부활하셨다는 걸 믿는다고 맹세할 용기가 나지 않았다. 그래서 첫 번째 예비자 교리에선 스스로 낙제생이 되었다. 그랬으면 그만이지 왜 재수를 결심했는지 그간의 미묘한 심리적 갈등은 내 일이건만 나도 잘 납득할 수가 없다. 암튼 나는 남 안 하는 재수까지 하고 나서도 여전히 예수께서 동정녀 마리아께 잉태되어 나시었다는 것과 죽은 이들 가운데서 부활하셨다는 것을 믿지 못하는 채 영세를 받고 말았다. 그분과 일단 관계를 맺어보고 싶어서였다. 그분에게 매혹당한 게 그분의 전모가 아닌 극히 일부분, 아주 미소한 부분에 지나지 않을지언정 없었던 걸로 할 수는 없을 것 같아서였다. 매혹당하기가 잘못이었다.

신앙을 가지면 근심이 없고 매사에 그렇게 기쁠 수가 없다고 크리스천들은 이구동성으로 말한다. 그러나 아직 나는 그런 경지를 꿈도 못 꾼다. 미사 참례 할 때 성가대의 노래와 복음서 낭독을 듣는 걸 매우 좋아하지만 보다 많이는 그 많은 신도들이 예수께서 동정녀 마리아께 잉태되어 나시고, 죽은 이들 가운데 부활하신 걸 조금도 의심 안 하고 믿는 것일까를 궁금해하는 데 시간을 보낸다. 그리스도를 닮고자 하는 문제만 해도, 오른뺨을 때린 자에게 왼뺨까지 내주라는 무조건의 사랑과 용서가 그분인지, 타락한 성당의 기물을 부수고 장사꾼을 내쫓은 행동적인 분노가 그분인지 그것조차 분간 못 하게 아직 어리석고 어리다. 하긴 그분이 닮기 쉬운 분이었으면 매혹당하지도 않았으리라. 그러나 그분이 멀리서나마 나에게 모습을 드러낸 게 어쩌면 근심을 없애고 기쁨을 주시려고가 아니라, 내 몫의 고통을 피하지 않고 어떻게 정직하게 고통하게 할까를 가르쳐주시려고 함일지도 모른다고 생각할 수 있을 때 한결 그분을 가깝게 느낄 수가 있다. 내가 두려워하는 걸 실토해야겠다. 나는 행여 나의 종교가 절대적 초월적인 존재에 대한 주술적 의존을 가져와 창조적인 능력을 무능화시킬까 봐 두려워하고 있다. 그건 결코 그분이 바라는 일이 아닐 것이다. 적어도 내가 발견한 그분은 그런 노예적인 의존을 바랄 분이 아니었다.

그렇다고 내 속에서 문학과 종교가 조금도 서로 상관하지 않고 별개의 것으로 공존하길 바라는 건 아니다. 아직은 신앙이 움틀까 말까 하는 단계이니 서로 영향을 주고받으려면 아직아직 멀었겠지만 언젠가는 서로 은밀하게 내통하길 바라고, 때로는 드러내놓고 치열하게 갈등할 수도 있었으면 한다. 더 나아가 여지껏 눈에 보이는 것, 귀에 들리는 것에만 머물렀던 나의 문학이 제3의 눈을 얻어 사실을 넘어서, 사실과 함께 사실의 의미까지도 볼 수 있었으면 하는 게 나의 정작 바람이다.

성탄절 날에는 생전 처음 자정미사에 참례했다. 돌아올 때는 새벽 세 시 가까운 시각이었는데 뺨에 닿는 바람이 칼날처럼 아팠다. 이게 무슨 청승이람, 이렇게 생각하려다 말고 나는 돌연 여지껏 경험해오지 못한 새로운 기쁨을 느꼈다. 이 세상을 정복한 어떤 권력자도 금력자도 아닌, 반 평 따뜻한 침상조차 없어 마구간에서 태어나 구유에 누운 분을 주님으로 칭송하고 영접하기 위해 겨울밤을 새우고 혹한을 무릅쓸 수 있는 자신이 신통하고 기뻤던 것이다. 그 기쁨은 자신이 이 세상의 어떤 권력이나 금력, 조직에도 예속되지 않는다는 자유의 기쁨과도 통하는 것이었다. 그러나 지나고 나서 생각해보니 그 기쁨조차 순수한 신앙의 기쁨이 아니라 자기도취가 더 많이 섞인 거였다.

처음 글을 쓰고 나서도 어느 순간 그런 자기도취에 빠진 적이 있었다. 자기도취에서 깨어나 한결 초라하고 미워진 자신을 발견하고 나서 어쩔 수 없이 종교적인 갈구가 싹텄는지도 모르겠다. 그 밖에도 나의 문학과 종교엔 그 과정에 유사한 점이 많다. 문학 역시 얼떨결에 문학동네 사람이 됐고, 오래된 지금까지 내가 그 동네 주민이란 자신이 도무지 없다. 그 동네 소식에 어둡고 잘 어울리지 못하고 쭈뼛쭈뼛하면서도 그 동네에 대한 일말의 그리움은 신인 때처럼 고스란하다. 그러나 신앙 간증을 듣기 싫어하는 것 못지않게 문학 간증을 혐오스러워하고, 밥 먹을 때 성호를 긋는 걸 잊어버리듯이 도무지 소설가연然이 몸에 붙지 않는다. 양쪽 동네에서 다 자신을 소외시키고 가까스로 언저리에 머물러 있고자 함이 비겁한 일인 줄은 아나 문학의, 종교의 참다운 정신에서까지 비켜나 있지는 말아야지 하고 자주 다짐하고 있다.

요새 나는 앞으로 아주 아름다운 동화를 쓰기를 꿈꾸

고 있다. 그 시기는 내 연령으로 봐서는 앞으로 얼마 안 남은 것도 같고, 그럴 만큼 마음이 걸러지려면 아직 먼 마음 상태로 봐서는, 먼먼 훗날일 듯도 싶다. 먼먼 훗날의 내 모습을 상상할 때마다 이상스럽게도 먼먼 옛날의 내 모습이 떠오른다.

어머니하고 오빠하고 나하고 셋이서 무작정 상경해서 차린 서울 살림은 끼니를 걱정해야 할 만큼 곤궁한 것이었다. 어머니의 바느질 품팔이 수입이 우리의 생계도 되고 학비도 되었다. 어머니는 밤늦도록 삯바느질을 하시고 나는 그 옆에서 헝겊으로 장난을 하다가 조각보나 괴불 같은 거라도 만들어놓으면 어머니는 질색을 하셨다. 손재주는 없어도 좋으니 공부나 잘하라고 타이르시면서 신기한 도술을 가진 여장부나 천하를 경륜한 여왕이 나오는 옛날 얘기를 즐겨 해주셨다. 어머니는 무궁무진한 이야기를 가지고 있을 뿐 아니라 이야기의 효능까지도 무한한 것으로 믿는 몽상가였다. 왜냐하면 나에게 엉뚱한 야심을 불어넣어 주고자 할 때뿐 아니라 내가 심심해할 때도, 달콤하고 고소한 군것질이 하고 싶어 일전만 달라고 조를 때도, 남과 같이 고운 때때옷을 입고 싶어 할 때도, 똑똑한 서울 아이들한테 놀림감이 되어 자존심이 상했을 때도, 시골 친구들이 보고 싶어 외로움을 탈 때도, 학교에서 시험 점수를 잘 못 받아 기가 죽었을 때도 어머니는 잠깐만 같이 속상해하다가 곧 달덩이처럼 환하고 슬픈 얼굴이 되면서 "그까짓 거 다 잊어버려야 착하지, 내가 재미있는 옛날얘기 해줄까" 하면서 곧 새로운 이야기를 꾸며내셨다. 훗날 문자로 된 우리의 전래동화나 고전에 접하면서 그때 어머니한테 들은 얘기가 그런 것들을 총망라하고도 남는 게 많은 데 놀랐고 또 하나 놀란 건 문자로 된 게 어머니의 이야기보다 훨씬 재미가 없다는 것이었다. 어머니는 아마 본디 있는 옛날이야기의 골격에다 자신의 꿈을 듬뿍 실어서 재미와 생기를 불어넣었음 직하다. 어머니는 뛰어난 이야기꾼이셨다. 나는 어머니의 이야기를 참 좋아했었다. 그러나 어머니가 꿈꾼 것만큼 당신의 이야기가 여러 가지 효능을 가진 만병통치약이 됐던 건 아니다. 이야기의 재미와는 상관없이 나는 역시 배고팠고, 헐벗었고, 자존심이 상했고, 외로왔고, 기가 죽었었다. 그때 당연한 낱낱의 비참상이 어머니의 이야기로 하여 조금이라도 덜어진 건 아니었다. 그러나 그 시절을 총체적으로 떠올릴 때 마음이 넉넉하고 밝아질 뿐 아니라 지금의 내가 가진 것 중의 좋은 점이 있다면 모조리 그 시절에 근거하고 있는 것처럼 여겨지기까지 하니 이상한 일이다.

나이 먹을수록 어머니를 닮은 걸 느낀다. 어머니만큼 뛰어난 이야기꾼은 못 되지만 남이야 소설에도 효능이 있다는 걸 의심하건 비웃건 나는 나의 이야기에 옛날 우리 어머니가 당신의 이야기에 거셨던 것 같은 다양한 효능이 있기를 꿈꾸고 있다.

1985년 2월 | 박완서

꽃을 찾아서

소설집『꽃을 찾아서』
창작사
1986년 10월 15일

〔**발문**〕**후기**…82년부터 86년까지 쓴 중·단편을 모아보았다. 그 어느 때보다도 말하기 어렵고 사는 게 답답한 동안이었다. 풍자나 저항, 뭐 그런 걸 해볼 꿍심이었겠으나, 기껏 가시 같은 적개심을 분식하기에 급급했던 흔적들을 대하니 또 하나의 작품집을 낸다는 일이 낯 뜨거워진다.

원래는 창작과비평사에서 나오기로 한 책이 비평을 떼어버리고 겨우 회생한 창작사에서 나오게 된 것도 서글프다. 그동안 작품을 묶어놓은 채 기다렸던 것은 창비에 대한 각별한 애정이나 약속에 대한 의리보다는, 낯 뜨거움을 미루기에 편한 핑계가 있어서였다면, 창비사가 그간에 겪은 죽음 같은 침묵에 대해 적이 송구스러운 일이다. 이런저런 군더더기를 뺀 내 순전한 본심은 창비사의 깨어남을 반기며, 이 책이 그 깨어남을 알리는 작업 중의 하나가 된 것을 기쁘게 생각한다. 창작사 여러분 감사합니다.

1986년 8월 | 박완서

꽃을 찾아서

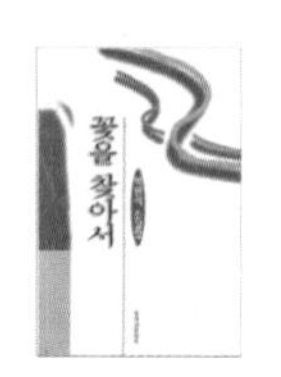

소설집 『꽃을 찾아서』
『꽃을 찾아서』 개정판
창작과비평사
1996년 7월 10일

〔서문〕제2판에 부쳐…창작과비평사의 이름으로 『꽃을 찾아서』를 다시 내고 싶다는 소리를 들었을 때 기쁘고 고마웠다. 남이 쓴 나의 연보 같은 데서 창작사의 이름으로 나온 내 작품집이 있다는 걸 볼 때마다 낯설었었다. 내 의식에는 어디까지나 창작과비평사에서 나온 걸로 입력돼 있기 때문이다. 소위 창비파도 아니면서 그렇게 '창작과비평'이란 이름에 애착과 긍지를 가지게 된 것도 생각해보면 85년, 폐간된 《창작과비평》이 부정기간행물에다가 계간 통산 57호를 자처하고 나와 같은 이름의 출판사의 숨통마저 끊어진 그 야만적인 시절로부터 비롯되지 않았나 싶다. 그때 '창작과비평'은 한낱 출판사나 잡지의 이름이 아니라 그를 잃은 허전함과 분노를 같이하던 수많은 사람들의 끈끈한 유대감의 구심점이었다. 그때 비록 그 사람들을 직접 만난 적은 없다고 해도 어둠 속에서 손을 잡듯이 서로의 체온이 느껴지던 그런 때였다. 지금은 그때보다 훨씬 많은 사람의 얼굴을 알고 지내지만 문자 그대로 안면이 있을 뿐이다.

다시 내게 된 김에 어쩔 수 없이 수록된 작품들을 다시 읽게 되었다. 책등에 붙은 창작사란 생소한 출판사 이름이 부정할 도리 없는 그 시대의 상처이듯이, 그 안의 내 글에서도 어떡하든 그 시대를 증언하고자 몸부림친 흔적이 도처에 비죽비죽 드러나 있었다. 그때 나는 뭘 써야 할지 확실하게 알고 있으면서도 그걸 정직하게 드러내기가 두려운 소심증 때문에 번민했었는데 지금은 그때의 내가 차라리 그립다. 지금은 그때에 비하여 엄청난 창작의 자유를 누리고 있다고 여기지만, 내가 처한 세상과 시대에 대해 뭐가 뭔지 하나도 모르겠는, 그 무식한 안락함 때문에 그 자유가 그닥 대견한 줄도 모르겠으니 말이다. 억압받을 때보다 더 비열해지고 싶어 하는 자신을 비춰볼 수 있다는 것만으로도 이미 절판된 책에다가 다시 숨결을 불어넣고 싶은 개인적 이유는 될 듯하지만 독자들에게 어떻게 받아들여질지는 그저 송구스러울 따름이다.

내 책에 변함없는 애정을 기울여주시는 창작과비평사 여러분께 깊은 감사를 드립니다.

1996년 6월 | 박완서

사람의 일기

소설집 『사람의 일기』
심지
1987년 6월 10일

〔서문〕자선집을 내면서…며칠 전, 요새 새로 나온 문학 전집을 한 질 받았다. 내 소설이 그중에 수록돼 있기 때문에 보내온 것이었다. 비좁은 서가에 30여 권이 들어갈 자리를 마련하기 위해 나는 아직 읽지는 않았지만 앞으로 읽을 것 같지 않은 책들을 솎아내지 않으면 안 되었다. 솎아낸 빈 자리로 책들을 밀어붙이기도 하고 자리바꿈도 시키고 나서 전집을 꽂아보니 작가들의 이름만 큼지막하게 드러났다. 나는 거기 줄 선 30여 명의 작가 중에서 내가 제일 나이가 많다는 걸 그제서야 알아봤다. 묘한 기분이었다.

심지출판사에서 그간에 쓴 작품 중 대표가 될 만한 걸 골라 묶어보자는 제의를 받았다. 박절하게 거절할 수도 없는 분의 부탁이라 그래보자고 해놓고 막상 내 손으로 내 작품을 골라내는 일을 하려니 이제 슬슬 솎아내는 작업이나 해보시지 하는 내 속의 철든 목소리 때문에 많이 망설여진다. 중복이나 피해보려고 이미 절판된 초기의 단편집 중에서 애착이 가는 것에다 아직 책으로 묶지 않은 신작을 몇 편 보태보았다.

1987년 5월 23일 | 박완서

침묵과 실어

『침묵과 실어—이상문학상 수상작가 대표작품선 6』
문학사상사
1987년 6월 25일

〔발문〕제5회 이상문학상 수상연설문—미처 참아내지 못한 통곡…먼저 저에게 이 과람한 상과 이 기쁜 자리를 마련해주신 문학사상사와 심사위원 선생님들 그리고 저를 축하해주시기 위해 이 자리를 함께해주신 여러 어른들과 벗들에게 감사를 드립니다.

제가 문단이란 데를 어림짐작으로 등단한 지가 11년이 되었고 그동안 다작이라 우려해주시는 분도 계실 만큼 부지런히 써왔습니다.

그러나 이번 「엄마의 말뚝 2」에 상을 주겠다는 소식을 들었을 때 왜 하필 그 작품을? 하고 흠칫 놀라면서 부끄러웠고, 피하고 싶었고, 숨어버리고도 싶었습니다.

결코 제가 상을 우습게 알 만큼 고고해서가 아닙니다. 의례적인 겸손 때문도 아닙니다. 작가는 작품을 쓸 뿐 작품에 대한 평가는 이미 그의 몫이 아닙니다. 이 작품의 객관적인 평가에 대해서도 저는 왈가왈부할 자격이 없습니다. 그럼에도 불구하고 감히 이의를 제기하고 싶었던 것은 쓰고 나서 곧 참지 못하고 쓴 것을 후회한 작품이었기 때문입니다. 참았어야 하는 것을, 정 못 참겠으면 울안에서의 통곡, 통곡으로 끝냈어야 하는 것을……. 저는 그 작품이 활자가 되어 돌아다니는 동안 줄창 이렇게 불편했고 불안했습니다. 그것은 저에게 소설이기 이전에 한바탕의 참아내지 못한 통곡 같은 거였습니다. 저는 통곡을 참아내지 못한 자신에게 정이 떨어졌고 쓴다는 것은 과연 뭘까? 하는 근원적이며 주기적인 질문으로 자신을 그 어느 때보다 심하게 닦달질해야 했습니다.

소설의 거리材料로 삼아서는 안 되는 게 있다고는 생각하지 않았습니다. 오히려 평범한 일상 속에, 버림받은 쓰레기 속에 외면당한 남루 속에 감추어진 추악한 것 속에서 소설의 거리는 보석처럼 반짝거리고 있을 수도 있습니다. 그러나 그게 오다가다 우연히 얻어지는 건 아닐 것입니다. 삶에 대한 꾸준한 통찰력, 따뜻한 연민, 때로는 열정적인 애정에 의해서만 그것을 볼 수가 있고 주워 올릴 수가 있습니다. 문제는 주워 올린 다음입니다. 어떤 거리를 소설로 만들기 위해선 주워 올릴 때와는 딴판으로 일단 뜨악하게 밀어내고 객관적으로 바라보아야 하고, 정이 앞서지 않는 냉혹한 마음으로 추리고 다듬고 구성해야 합니다. 제 경험에 의하면 작가의 그런 이중성이 철저히 지켜졌을 때만 비로소 명색이 소설이라 부를 만한 것이 만들어졌지 않았나 싶습니다.

제가 이번 수상작을 쓰고 나서 자신에게 정떨어지고 수치감마저 느꼈던 것도 자신의 어머니의 현재 진행 중인 참담한 고통을 거리로 삼았대서가 아닙니다. 차마 그걸 거리로 삼아 소설을 만들 수 있을 만큼 어머니의 현재 진행 중인 고통과 고투에 대해 여유를 둘 수 있었고 객관적일 수 있었고 냉담할 수 있었다는, 좋게 말하면 작가적

근성, 나쁘게 말하면 말 못 할 독종에 대한 혐오였습니다. 그러나 역시 그 이중성은 이 작품에서 너무도 허술했습니다. 곳곳에서 흔들리고 있음을 감출 수가 없었고 그것이 도리어 저에겐 한 가닥의 위안이 되었댔었습니다.

우리 겨레의 분단은 이제는 하나의 기정사실입니다. 분단은 오래전에 피 흘리기를 멈추고 굳은 딱지가 되었고 통일을 꿈꾸지 않은 지도 오래된 것처럼 보입니다. 통일이란 말이 도처에 범람하고 있습니다만 산 채 분단된 자의 애절한 꿈으로서가 아니라 그것을 직업으로 삼고 사는 사람들이 만들어낸 구호로서 행세하고 있을 뿐입니다. 통일이 직업인 사람은 될 수 있는 대로 많은 구호를 만들어내어 분단을 치장하면 되겠지만 진실로 통일이 꿈인 사람은 끊임없이 분단된 상처를 쥐어뜯어 괴롭게 피 흘리게 할 수밖에 없습니다. 고통스럽지만 방법은 그것밖에 없습니다. 토막 난 채 아물어버리면 다시는 이을 수 없게 되리라는 걸 알고 있기 때문입니다.

문학이 구호에 봉사하느냐, 이런 숨겨진 처절한 아픔 편에 서느냐는 기로에 서 있다고까지는 생각하지 않습니다. 그러나 우리의 이웃이 부당하게 겪는 아픔과 슬픔, 몸부림, 그러면서도 결코 단념할 줄 모르는 그들의 꿈, 그런 것들과 무관하지 않기 위해선 끊임없이 정신을 쥐어뜯어야 할 만큼, 우리를 일률적으로 행복하고 편안하게 해주는 구호의 최면술은 날로 막강해지고 있는 거나 아닐는지요.

아물었으되 피 흘리고 있음을, 딱지 앉았으되 곪고 있

음을, 잘 차려입었으되 벌거벗었음을, 춤추고 있으되 몸부림치고 있음을 보고 느끼고 말하는 게 문학이 숙명처럼 걸머진 형벌이자 자존심이라면 저도 잠시 한낱 비통한 가족사를 폭로한 것 같은 수치감에서 벗어나 제 선배 수상자들이 그랬듯이 이 상 앞에서 늠름해지고자 합니다.

끝으로 이 자리를 빌려 문학사상사 여러분께 사과드리고 싶은 건, 수상 소식을 전해 듣고 나서 여태껏 앞서 말한 이런저런 까닭에다 타고난 재미없는 성격으로 해서 별로 기쁨을 나타낼 줄 몰라 애써 큰 상을 마련한 분들을 실망시키지 않았나 하는 겁니다.

아이들을 여럿 기르다 보니, 더러 상장 같은 것도 타 왔는데 그럴 때마다 저는 별로 대수롭지 않은 척 저만큼 밀어놓았다가도 아이들이 안 보는 데선 후딱 잘 챙겨서 소중하게 간수해놓은 게 아이들이 모두 어른 된 지금까지도 제 세간 속 가장 귀한 자리를 차지하고 있으면서 제 비밀스러운 기쁨과 자랑이 돼주고 있습니다.

이 상 역시 제 마음자리 가장 깊은 곳에 소중하게 간직했다가 소설 쓰는 일에 바치는 수고에 지쳤을 때, 그 일이 허망하고 허망해서 망막해졌을 때 꺼내 볼 겁니다. 그때 그것은 한 가닥 빛으로든, 모진 채찍으로든, 저에게 큰 용기가 되어줄 겁니다.

감사합니다.

유실

소설집 『유실』
고려원
1988년 9월 25일

〔서문〕**작가의 말**…제목 그대로 잃어버린 것에 관한 이야기이다. 여기서 잃어버린 건 물건이 아니라 주인공 자신의 존재의 정체이다.

과학적인 식이요법으로 간신히 건강을 유지하고 있던 주인공은 어느 날 고향 친구와의 과음으로 그날 밤에 있었던 일을 전혀 기억 못 할 정도로 취하게 된다. 다음 날 그는 완전히 빈털터리가 된 양복 주머니 속에서 조그만 쪽지를 하나 발견한다. 그 쪽지에 적힌 주소를 단서로 그 끊긴 시간을 찾아 성남시로 간다. 집요한 추적 끝에 그는 잃어버린 물건들을 하나하나 되찾지만 예전의 자신으로 돌아가지는 않았다. 끊긴 시간 속에서 그가 하고 다닌 행적은 보통 때의 그의 상식으로는 엄두도 못 낼 짓이건만 그는 그런 또 하나의 자신이 진짜 자신일지도 모른다는 의구심과 그리움을 떨쳐버릴 수가 없다.

1988년 9월 | 박완서

그대 아직도 꿈꾸고 있는가

장편소설 『그대 아직도 꿈꾸고 있는가』
삼진기획
1989년 11월 15일

〔발문〕책 뒤에…이건 대단한 이야기도 아닙니다.

한 평범한 여자가 꿈에서 깨어나는 이야기이기도 하고 아직도 꿈을 못 버린 이야기이기도 합니다. 끊임없이 꿈으로부터 배반당하면서도 끊임없이 새로운 꿈을 창출해내는 게 어찌 여자들만의 일이겠습니까. 인간의 운명이지요.

길지도 않은 이야기여서 몇 년 전에 쓴 비슷한 분량의 세태소설(『서울 사람들』)까지 보태서 구차스럽게 한 권의 책을 만들면서 쓰는 것도 팔자소관이라는 서글픈 생각을 해봤습니다. 무사안일한 일상이 계속되어 남들이 행복하다고 봐줄 땐 솔직히 말해서 쓰는 일이 지겨웠습니다. 써지진 않는데 원고 독촉은 빗발칠 때는 아유, 지긋지긋해, 소리가 입에 붙어 있기도 했습니다. 언제나 이 노릇을 안 하나, 쓰는 노릇에서 놓여날 것을 상상만 해도 황홀한 해방감을 맛볼 수가 있었으니까요. 그런데 참 이상한 일입니다. 뜻하지 않게 닥쳐온 무서운 고통과 절망 속에서 겨우 발견한 출구도 쓰는 일이었으니까요. 아니지요. 출구라기엔 아직 이릅니다. 출구를 찾아내기 위한 정신의 물리치료법이랄까, 워밍업이라고 하는 쪽이 조금 더 정확할지도 모르겠습니다. 작가에게 닥친 가혹한

재앙이나 불행은 보다 큰 글을 쓸 수 있는 계기가 된다고 생각하는 분이 더러 계신 듯합니다. 혹시나 그런 기대로 이 책을 읽는 분이 계실까 봐 민망한 마음으로 드리는 변명입니다.

끝으로 이 소설을 연재해준《여성신문》에게 깊은 감사를 드립니다. 지치지도 않고 집요하게 연재를 청탁해준《여성신문》의 도움이 없었다면 저는 아마 아직까지도 워밍업의 엄두조차 못 내고 있었을 겁니다.

사소한 이야기를 성의를 다해 꾸며주신 삼진기획 여러분에게도 감사드립니다.

박완서

나는 왜 작은 일에만 분개하는가

산문집 『나는 왜 작은 일에만 분개하는가』
햇빛출판사
1990년 6월 1일

〔서문〕**책머리에**…여기 실린 짧은 토막글들은 거의 다 살아가면서 수시로 속상해하고 답답해한 것을 드러내 보인 것들이다. 이런 어려움들이란 대개 그 당시의 시대상과 맞물려 있기 마련이어서 나중에 읽어보면 한물간 느낌이 드는 것도 적지 않다.

한물간 얘기를 책으로 묶어 내는 염치없는 것은 더는 말아야지 싶은 요량으로 일부러 모아두지 않았던 토막글들을 알뜰히 거두어준 햇빛출판사에 감사를 해야 할지 탓을 해야 할지 잘 모르겠다. 그러나 결국 책을 낸 건 전적으로 내 책임이다.

이 책을 위해선 세상에 나가 활자 공해나 되지 않기를, 나 자신을 위해선 앞으로 작은 일엔 그만 분개하기를 바랄 뿐이다.

부끄럽습니다.

1990년 3월 | 박완서

살아 있는 날의 소망

산문집 『살아 있는 날의 소망』
『살아 있는 날의 소망』 재출간
오늘의책
1990년 9월 8일

〔서문〕**책머리에**…우리가 아직은 악보다는 선을 믿고 우리를 싣고 가는 역사의 흐름이 결국은 같은 방향으로 흐를 것을 믿을 수 있는 것도 이 세상 악을 한꺼번에 처치할 것 같은 소리 높은 목청이 있기 때문이 아니라 소리 없는 수많은 사람들의 무의식적인 선, 무의식적인 믿음의 교감이 있기 때문이라고 나는 믿고 있다.

너무 따지고 신경 쓰는 지적인 보살핌 대신 저절로 우러나는 포근한 사랑을 마음껏 쏟아주는 게 어떨는지, 물질적인 보살핌이나 간섭은 자칫하면 넘칠 수도 있지만 사랑은 넘치는 법이 없으니까.

사랑받는 사람만이 다시 남을 사랑할 수 있는 것으로 봐서 사랑도 일종의 교육이 아닐는지.

박완서

미망

장편소설 『미망 1, 2, 3』
문학사상사
1990년 9월 2일

〔서문〕**책머리에**…지척에 둔 고향 땅(개성)을 이 세상 끝보다도 더 멀게 느끼면서 살아온 지도 어언 40년째가 된다. 도저히 어째볼 수 없다는 무력감, 풀 길 없는 분노 때문이었을까, 내가 만들어낸 인물들만이라도 그 그리운 산하를 거침없이 누비며 운명과 싸워 흥하고 망하고 울고 웃게 하고 싶다는 건 내 오랜 작가적 소망이자 내 나름의 귀향의 방법이었다. 그러나 속으로 벼르고 벼른 푼수로는 구체적, 세부적인 계획 없이 《문학사상》지에 덜커덕 연재 먼저 시작해놓고 본 것은 당시의 이어령 주간의 강권에 힘입은 바가 컸다.

지금은 어떤지 알 길이 없지만 개성 개풍 지방 일대는 조선시대부터 분단 직전까지 오랫동안 인삼 고장과 상업의 중심지로 독자적인 번영과 독특한 문화를 누려왔었다. 따라서 삼포와 장사 얘기를 빼고는 도저히 개성인의 전형을 만들어낼 수가 없다. 개성에 살면서 그 두 가지를 외면하고 산 별종을 그릴 바에야 구태여 개성 땅을 무대로 할 필요가 없어지고 만다. 그런데 우리 집안은 몇 대째 개성 근교에 살면서 인삼 농사도 장사도 하지 않고 오로지 벼슬에만 연연해온 좀 치사한 별종의 집안이었다. 내가 여지껏 써온 소설의 대부분은 나의 직접적인 체험이나 가족들을 통한 간접적인 경험 또는 내 핏속에 누적되어 거의 기질화된 조상들의 경험을 바탕으로 했기 때문에 쉽게 내 이야기를 만들 수가 있었는데, 이 소설을 쓰면서는 그게 부족한 게 가장 고통스러웠다. 자료나 이야깃거리를 아무리 많이 모아들여도 내가 작중인물화하지 않고는 써지지 않는 나의 작법이자 한계는 회를 거듭할수록 요지부동 나를 괴롭혔다. 내가 살아보지 않은 시대, 19세기 말경을 쓸 때는 인물들이 작가가 여실히 그려보일 수 없는 장소에선 도무지 살아 움직여주지를 않아 애를 먹다가, 시대가 내 어머니 세대가 증언할 수 있는 20세기 초로 접어들면서 그런 경색증이 조금은 부드러워지고, 내 기억이 미치는 3, 40년대경을 쓸 땐 좀 더 편해지던 것도 내가 이 소설을 써가면서 깨닫게 된 여간해서는 극복될 성싶지 않은 내 역량의 한계라 하겠다.

분량이 내가 지금까지 발표해온 장편 중 제일 길고, 또 최초로 내가 살아보지 않은 시대 이야기에 도전해본 작품이라 이렇게 내 딴엔 여간 힘들지 않았다. 도중에 몇 번이나 중단을 생각하기도 했었고, 정말 몇 달씩 쉬기도 했었다. 그래 그랬던지 어렵사리 끝내고 나선 시원섭섭한 중에 대견한 마음도 없지 않더니 교정을 보느라 다시 읽으면서 그만 맥이 빠지고 말았다. 나는 그냥 내 한계 안에 있었던 것이다. 인삼 농사와 상업을 겸한 개성인 이야기를 하려니 어쩔 수 없이 가진 자들이 중심인물이 되었고, 가진 자나 배운 자가 자신의 기득권에 연연하면서 일제에 저항한 흔적은 오늘의 어려운 현실을 사는 소위 양심적인 중산층의 최소한의 고민과 거진 같아지고 말았다. 결국은 또 내 얘기를 하고 만 것 같아 낭패스럽지만, 오늘에도 유효한 중산층적인 삶의 태도에 대한 내 나름의 반성이 아니었을까 자위해본다.

여기 나오는 몇몇 집안 얘기는 거의가 다 돌아가신 어머니와 숙부 숙모로부터 전해 들은 고향 마을에 떠돌던 여러 집안 소문에서 간추린 것들이나, 그냥 재미있는 이야깃거리에 지나지 않는 것들 중에서 쓸 만한 것을 골라내어 시대에 맞게 실로 꿸 수 있는 근거를 마련하기까지는 동향의 웃어른인 박성규 옹에게 힘입은 바가 크다. 그 어른은 소장하고 있던 풍부한 자료, 귀한 사진들을 아낌없이 내주셨을 뿐 아니라, 놀라운 기억력으로 지금은 답사할 수 없는 고장의 모습들을 여실히 들려주시곤 하셨다. 깊은 감사를 드리며 오래 건강하시길 빈다.

이 소설을 탈고하자마자 여지껏 내 이야기의 풍부한 원천이었으며 또한 가장 신랄한 비판자였던 어머니를 여읜 것도 통한으로 남는다. 어머니, 어머니 보기엔 비록 초라한 이야기책이오나 삼가 영전에 바치오니 어여삐 여기소서.

장장 5년 동안이나 귀한 지면을 내주었고, 힘들고 좌절하여 쉬는 동안도 기다려주었을 뿐 아니라 책으로 묶는 수고까지 도맡아준 문학사상사 여러분도 그 일을 일단락 지었으니 좀 시원해졌으면 좋겠다.

1990년 9월 | 박완서

저문 날의 삽화

소설집 『저문 날의 삽화』
문학과지성사
1991년 9월 5일

〔발문〕책 뒤에…다섯 번째 창작집입니다. 네 번째 『꽃을 찾아서』를 낸 지 5년 만입니다. 그동안에 쓴 게 책 한 권 분량이 됐다면, 노동량으로 따져 부지런한 건지 게으른 건지 잘 모르겠습니다. 책 한 권 분량이 되기가 무섭게, 옥석을 가릴 염치도 못 차리고 책으로 묶은 여태껏의 관습을 반성하는 마음도 있고 해서 앞으로는 달라지고 싶었는데 또 이렇게 되고 말았습니다. 우애 깊은 여성동아 문우회 후배들 덕입니다. 회원 중 제일 연장자인 제가 올해 회갑이 되는 걸 알고 후배들이 꾸민 일입니다. 출판사도 그들이 물색했고, 원고 보따리도 그들이 들고 다녔습니다. 그런 짓 또한 저는 안 해보던 짓입니다. 회갑 기념 창작집이라니, 쑥스럽습니다. 그러나 어쩝니까. 후배들이 저를 위해 해주고 싶어 한 몇 가지 축하 계획 중, 아직 축하를 받아낼 만하지 못한 제 심정이 묵인할 수 있는 가장 번거롭지 않은 방법이 그거였으니까요. 이왕 나오게 된 책, 생각만 해도 심난하기만 한 회갑 잔치를 대신해서, 평소 걱정만 끼친 가까운 문우·친지 들과 나누고자 합니다. 또한 후배들이 그중 좋은 출판사라고 생각해서 골라잡은 듯한 문학과지성사에도 손해나 안 끼치게 책이 팔려야 후배 잘 둔 복이 더욱 빛나련만, 하는 게

제 은근한 걱정이자 욕심입니다.

제 초라한 글잔치를 빛나게 해주신 문학과지성사에 깊은 감사를 드립니다.

1991년 8월 | 박완서

나의 아름다운 이웃

콩트집 『나의 아름다운 이웃』
『이민 가는 맷돌』 재출간
작가정신
1991년 10월 15일

〔**발문〕책 뒤에**…아주 짧은 이야기 모음입니다. 근래에는 콩트를 거의 쓰지 않았습니다. 방 안에 숨어 앉아 창호지에 바늘구멍을 내고 바깥세상을 엿보다가 그 협소한 시야 안에 기막힌 인생의 낌새가 잡힌 듯한 짜릿한 매력 때문에 한때는 콩트를 왕성하게 쓴 적도 있었습니다.

10년 전에 책으로 한 번 묶은 일도 있었으니까요.

그 책에서 더러 솎아내기도 하고, 그 후에 드문드문 쓴 것들을 모아 벌충하기도 해서 이렇게 다시 한번 책으로 묶었습니다. 다시 읽어보면서 왜 점점 콩트를 쓰지 않게 되었을까 생각해보았습니다. 중단편과 장편에 매달려 의식적으로 소홀히 했다고 생각했는데, 그게 아니라 나이와 함께 무디어진 감수성 때문에 못 쓰게 되었다는 걸 알게 되었습니다. 그건 지난 날의 콩트가 젊게 느껴졌다는 얘기도 되는데 그나마도 제 글에 대한 주책 없는 편애일지도 모르겠습니다.

제 글에 각별한 애정을 가지고 공들여 이렇게 예쁜 책으로 꾸며주신 작가정신사 여러분에게 깊은 감사를 드립니다.

1991년 10월| 박완서

나의 아름다운 이웃

콩트집 『나의 아름다운 이웃』
『나의 아름다운 이웃』 개정판
작가정신
2003년 2월 15일

〔서문〕**책머리에**…여기 모아놓은 짧은 소설들은 거의가 다 문단에 나오고 나서 10년 안에 쓴 것들이니 70년대의 산물입니다. 신인이었을 때니까 청탁을 거절하지 않고 성의껏 쓰다 보니 그렇게 되었던 것 같습니다. 그렇게 왕성하게 쓰던 콩트를 문득 안 쓰게 된 것은 청탁이 줄어서 저절로 그렇게 되었다기보다는 나로서는 생각한 바가 있어서 제법 의지력까지 발휘해서 끊어버렸다고도 할 수 있는데, 그러고 싶었던 사정은 대강 이러합니다. 그때만 해도 문예지도 지금처럼 많지 않았고 원고료도 형편없이 쌀 때였습니다. 한편 유신시대의 '잘 살아보자'와 맞물려 대기업이 생겨날 때였는데 기업들은 다투어 사보를 만들었고 사보에서 선호하는 기업 홍보와 무관한 문예물이 바로 콩트였습니다. 원고료도 문예지나 일반 교양지와는 댈 것도 아니게 높았습니다. 높은 원고료에 매료되어 어떤 화장품 회사 사보에는 콩트를 연재까지 한 적도 있습니다. 그러다 문득 바로 그 높은 원고료 때문에 콩트 쓰기에 회의를 갖게 됐습니다. 작가로서 자기 세계도 확립하기 전에 돈맛부터 알게 된 자신에 싫증이 나면서 편식하던 단 음식을 끊듯이 단호하게 안 쓰기로 작정을 했습니다. 사보의 높은 원고료가 작가에게

꽤 괜찮은 부업거리를 제공해주는 것은 나쁠 것이 없지만 그렇다면 더욱 그런 일거리는 원고료만으로 생활해야 하는 전업작가에게 돌아가야 할 것 같았습니다. 그때만 해도 나는 주부 일과 글쓰기를 같이 하고 있는 겸업작가였으니까요. 그런 사정이었을 뿐 조금이라도 콩트라는 형식을 폄하하는 마음이 있었던 것은 아닙니다. 만약에 그랬다면 같은 책을 가지고 몇 번씩이나 제목이나 표지를 바꿔가며 독자와 만나지기를 시도하지는 않았을 것입니다.

1981년에 '이민 가는 맷돌'이라는 제목으로 나온 최초이자 유일한 콩트집이 절판된 지 10여 년 만에 작가정신에서 다시 살려내고 싶어 했을 때 약간의 보완을 하고 제목을 '나의 아름다운 이웃'으로 바꾸면서 서문에서 콩트 쓰는 맛을 방 안에 들어앉아 창호지에 바늘구멍을 내고 바깥세상을 엿보는 재미로 비유한 바가 있습니다. 이번에 같은 제목으로 새롭게 단장한 책이 다시 나오게 되어 별수 없이 또 한 번 훑어보게 되었는데 시대에 뒤떨어진 표현이 여기저기서 눈에 거슬렸지만 일부러 고치지 않았습니다. 70년대에 썼다는 걸 누구나 알아주기 바란 것은, 바늘구멍으로 내다보았음에도 불구하고 멀리, 적어도 2, 30년은 앞을 내다보았다고 으스대고 싶은 치기 때문이라는 걸 솔직하게 고백합니다. 내가 보기에도 신기할 정도로 그때는 약간은 겁을 먹고 짚어낸 변화의 조짐이 지금 현실화된 것을 느끼게 됩니다.

나의 잊혀진 책에게까지 각별한 애정을 가지고 살려

내고 꾸며내주신 작가정신 출판사 여러분에게 깊은 고마움을 전합니다.

계미 신춘 | 박완서

산과 나무를 위한 사랑법

동화집 『산과 나무를 위한 사랑법』
샘터
1992년 3월 5일

〔서문〕읽으시는 분을 위하여…여기 모인 글들은 거의 70년대 말에 집중적으로 씌어진 것들입니다. 유신 말기였죠. 그때 우리는 보문동에 있는 한옥에 살았는데 동네 사람들이 40계단이라고 부르는 층층다리 밑이었습니다. 동회에서 그 계단 윗동네에다 마이크를 설치하고 공지사항을 알리는데 그 소리가 어찌나 큰지 머릿속을 한바탕 휘젓고 지나간 것처럼 한동안 멍했습니다.

특히 새벽부터 울려대는 "잘살아보세, 우리 모두 잘살아보세"라는 노래에 잠을 깨면 정말 미칠 것 같았습니다. 그보다 더 큰 소리로 울고 싶기도 했구요. 그때도 전 소설가였으므로 이런 견디기 어려운 말기 증세로부터의 돌파구는 이야기를 통하는 수밖에 없었습니다. 청탁에 의해 소설이니 수필이니 칼럼이니 하는 양식의 제한을 받지 않고 그때 제 머릿속에 꽉 차 있던 전체주의에 대한 미움, 자연 파괴에 대한 걱정, 사라져가는 시골에 대한 안타까움, 이야기에 대한 마지막 믿음 등을 신들린 듯 풀어낸 게 여기 모인 글들입니다.

그때도 용기가 없어서이기도 했지만, 거친 목소리가 하도 횡행하던 때라 거기에 대한 대안이랄까, 피하는 마음도 있고 해서 쉽고 부드럽게 돌려서 말한다는 게 이런 형식이 되고 말았습니다. 처음에도 역시 샘터사 출판부에서 책으로 냈는데 어른을 위한 동화라는 부제목을 붙였었습니다. 어른이 아이들에게 말하는 형식을 취한 것은 사실이고, 그때나 이때나 동화를 써보고 싶다는 꿈을 가지고 있는 것도 사실입니다만 동화로서는 실패작이라고 생각합니다. 아이들에게 별로 읽힌 것 같지 않기 때문입니다.

그러나 등단한 지 20년 동안에 처녀작을 빼고는 청탁에 의하지 않고 그냥 쓰지 않을 수가 없어서 자발적으로 쓴, 유일한 글 모음이어서인지, 저는 이 책에 각별한 애정을 가지고 있습니다. 가끔 마음이 통하는 사람을 만나면 이 책을 읽히고 자랑하고 싶어지곤 했지요. 비록 많이 팔리진 않았지만, 아마 이 책처럼 여러 번 내가 내 책을 책방에서 사서 남에게 선물한 책도 없을 겁니다. 내가 내 책을 사는 기분은 참 묘했습니다. 누구한테 들키면 어떡하나, 꼭 나쁜 짓을 하는 것처럼 주위를 돌아보곤 했지요. 근래에는 그나마 구할 수가 없게 되어, 아마 절판이 됐나 보다, 나도 내 책을 잊을 때가 됐나 보다고 쓸쓸하게 여길 무렵 샘터사에서 다시 내고 싶단 기별이 왔습니다. 반가운 일이나 망설여졌습니다. 출판사에 폐를 끼칠 우려 때문이었습니다. 그러나 그걸 기회로 다시 한번 읽어보면서 아직도 모든 면에서 그때의 상황이 계속되고 있거나 더 나빠지고 있다는 걸 느꼈습니다. 다시 내보고 싶은 욕심을 정당화할 구실이 생긴 거죠.

물론 「달걀은 달걀로 갚으렴」 같은 것은 요새 현실과

는 맞지가 않습니다. 그때만 해도 닭을 길러 달걀을 팔아 서울 구경 비용에 보탠다는 발상이 현실과 동떨어진 것이 아니었습니다만, 오늘의 현실에 비추어 볼 때는 전혀 허황된 웃음거리로밖에 안 보인다는 걸 알게 되었습니다. 현실에 맞는 대안을 찾아 고칠까도 싶었습니다만, 대안이 쉽게 찾아지지 않았을 뿐 아니라, 씌어진 연대를 감안한다면 그동안에 얼마나 더 도시와 농촌 간의 격차가 심화됐나를 읽어주리라 믿어 그냥 놔두었습니다. 그리고 《엄마랑아기랑》에 연재했던 「옛날의 사금파리」를 덧붙여서 부피를 좀 늘렸습니다. 읽으시는 분들께 참고가 될까 해서 이런저런 잔소리 늘어놓았습니다. 활자 공해에나 이바지하는 책이 안 되길 바랄 뿐입니다.

샘터사에서 책 만드시는 분들께 고마운 마음 전합니다.

1992년 2월 | 박완서

박완서 문학앨범

『박완서 문학앨범—행복한 예술가의 초상』
웅진출판
1992년 9월 30일

〔서문〕이 책을 읽는 이에게…문학앨범 덕에 여태껏 살아온 자취를 한 바퀴 순례할 기회를 가질 수가 있었다. 이상하게도 으레 남아 있으려니 한 것은 자취 없고, 없어졌으려니 한 것은 남아 있었다. 사직공원을 굽어보며 넓은 운동장을 거느리고 높이 솟아 있던 매동국민학교가 아무리 더듬어도 보이지 않아 동네 사람에게 물어야 했다. 하필 바로 교문 앞에서 물어봤다. 교문에 붙은 학교 이름을 보고도 내가 다니던 학교 같지가 않았다. 큰 관청 건물한테 넓은 운동장을 반 넘게 내주고 그 뒤에 숨은 교사는 한창 신축 중이어서 어수선했고, 낯익고 정든 건 아무것도 없었다. 옛날 교사가 남아 있으리라고 여긴 건 아니지만 그 수려하고 거칠 것 없던 전망이야 어디 가랴 싶었는데 그게 아니었다.

수송동의 숙명여고는 더했다. 명문사학 숙명을 비롯해서 역시 역사 깊은 중동중학, 수송국민학교, 종로국민학교가 붙어 있다시피 해서 그 일대는 활기 넘치는 학생의 거리였다. 상점도 문방구점 아니면 교복집 우동집이 고작이었다. 그러나 그 네 학교가 흔적도 없이 사라지고 난 다음 관청과 대기업의 으리으리한 사옥이 들어선 그 일대는 음식점도 많고, 술집도 많고, 마침 점심시간이라

규격품처럼 비슷하게 생긴 회사원들이 삼삼오오 한 끼 때울 곳을 찾고 있었다. 우리 모교의 그 고풍스러운 붉은 벽돌을 청청하게 뒤덮던 담쟁이는 지금 이 딱딱한 땅속 어디쯤에 뿌리로 남아 깊은 잠을 자고 있는 것일까.

50여 년 전 어린 시절을 보낸 현저동은 우리가 살 때도 환경이 열악했지만 우리 집은 특히 앉은 자리가 불안한 축댓집이어서 장마 때나 해토 무렵엔 집이 무너질까 봐 식구들이 전전긍긍했었다. 그러나 그 집은 아직도 남아 있었다. 우리가 살 때보다 동네도 많이 깨끗해지고 그 집도 여러 번 수리를 거친 것 같았지만 틀림없이 그때 그 집이었고, 이웃의 딴 집들도 마찬가지였다. 워낙 협소한 대지에 억지로 지은 집들이라 건축허가 등 여러 가지 실제적인 문제가 있겠지만 어찌 그럴 수가 있을까.

나는 그 동네의 뿌리 깊음에 전율했고, 차가 다닐 수 있는 길에서 그 집까지 걸어 올라간 거리가, 어릴 적 그 집에서 매일 통학한 거리의 반의반도 안 됐는데 밤에 다리에 쥐가 나서 잠을 이루지 못했다.

1992년 8월 | 박완서

우리 시대의 소설가 박완서를 찾아서

『우리 시대의 소설가 박완서를 찾아서』
『박완서 문학앨범—행복한 예술가의 초상』 개정증보판
웅진닷컴
2002년 11월 1일

〔서문〕책머리에—문학앨범을 다시 내면서…웅진으로부터 10년 전에 나왔던 문학앨범을 다시 내겠다는 뜻을 전해 들었을 때 절판된 책을 살려내는 건 전적으로 출판사의 소관이려니 싶어 가볍게 동의했다. 다시 내려면 약간의 수정이나 보완은 불가피하려니 했지만 출판사는 나의 예상보다 더 많은 사진과 새로운 필자를 염두에 두고 있는 것 같아 나는 도중에서 이 일을 큰딸 호원숙에게 떠넘기고 몰라라 했다. 나에 관한 일에 이렇게 무심해질 수 있는 건 집에서도 이런저런 일 중 사진 정리를 가장 싫어해서 아예 안 찍거나 한꺼번에 태워버릴 궁리를 할 때 가장 편안해지는 나의 메마른 성격 탓일 듯싶다. 이 책이 조금이라도 독자나 후배들에게 도움이나 즐거움이 될 수 있다면 그건 흔쾌히 성의를 다해 기고해주신 필자분들 덕분이고, 그럴 만한 가치에 못 미친다면 내 자식의 미거함 때문일 것이다. 웅진에는 협조적이지 못했던 데 대해서 양해를 구하며 그동안의 수고에 깊은 감사를 드린다.

2002년 늦가을 | 박완서

그 많던 싱아는 누가 다 먹었을까

장편소설 『그 많던 싱아는 누가 다 먹었을까』
웅진출판
1992년 10월 15일

〔서문〕작가의 말—자화상을 그리듯이 쓴 글…이런 글을 소설이라고 불러도 되는 건지 모르겠다. 순전히 기억력에만 의지해서 써보았다.

쓰다 보니까 소설이나 수필 속에서 한두 번씩 울궈먹지 않은 경험이 거의 없었다. 그러나 그때그때의 쓰임새에 따라 소설적인 윤색을 거치지 않은 경험 또한 없었으므로, 이번에는 있는 재료만 가지고 거기에 맞춰 집을 짓듯이 기억을 꾸미거나 다듬는 짓을 최대한으로 억제한 글짓기를 해보았다. 그러나 소설이라는 집의 규모와 균형을 위해선 기억의 더미로부터 취사선택은 불가피했고, 지워진 기억과 기억 사이를 자연스럽게 이어주기 위해서는 상상력으로 연결 고리를 만들어주지 않으면 안 되었다.

더 큰 문제는 기억의 불확실성이었다. 나이 먹을수록 지난 시간을 공유한 가족이나 친구들하고 과거를 더듬는 얘기를 하는 경우가 많은데 그런 때마다 같은 일에 대한 기억이 서로 얼마나 다른지에 놀라면서 기억이라는 것도 결국은 각자의 상상력일 따름이라는 것을 깨닫게 된다.

종전과는 좀 다른 방법으로 글짓기를 해봤다고 해서 내 소설 기법에 어떤 변화의 계기를 삼아보려는 의도가 있었던 것은 아니다. 화가가 자화상 한두 장쯤 그려보고 싶은 심정 정도로 썼다. 여태껏 내가 창조한 수많은 인물 중 어느 하나도 내가 드러나지 않은 이가 없건만 새삼스럽게 이게 나올시다, 라고 턱 쳐들고 전면으로 나서려니까 무엇보다도 자기 미화의 욕구를 극복하기가 어려웠다.

교정을 보느라 다시 읽으면서 발견한 거지만 가족이나 주변 인물 묘사가 세밀하고 가차 없는 데 비해 나를 그림에 있어서는 모호하게 얼버무리거나 생략한 부분이 많았다. 그게 바로 자신에게 정직하기가 가장 어려웠던 흔적이라고 생각한다.

소설이 점점 단명해지다 못해 일회적인 소모품처럼 대접받는 시대건만 소설 쓰기는 손톱만치도 쉬워지지 않는구나. 억울하면 안 쓰면 그만이지만 그래도 억울하다. 웅진에서 성장소설을 써보라는 유혹을 받았을 때, 성장소설이란 인물이나 줄거리를 새롭게 창조할 부담 없이 쓸 수 있는 자서전 비슷한 거려니 했기 때문에 솔깃하게 들었다. 요컨대 좀 쉽게 써보자는 배짱이었다. 그러나 자신을 바로 보기처럼 용기를 요하는 일은 없었고, 내가 생겨나고 영향받은 피붙이들에 대한 애틋함도 여간 고통스럽지가 않았다.

뼛속의 진까지 다 빼주다시피 힘들게 쓴 데 대해서는 아쉬운 것투성이지만 40년대에서 50년대로 들어서기까지의 사회상, 풍속, 인심 등은 이미 자료로서 정형화된 것보다 자상하고 진실된 인간적인 증언을 하고자 내 나름으로는 최선을 다했다는 걸 덧붙이고 싶다.

잘난 척하는 것처럼 아니꼽게 들릴지도 모르지만 나는 지금 지쳐 있고 위안이 필요하다. 기껏 활자 공해나 가중시킬 일회용품을 위해서 이렇게 진을 빼지 않았다는 위안이.

오랫동안 기다려준 웅진에 감사하다. 웅진 덕으로 처녀작 이후 처음으로 연재에 의하지 않고 긴 글을 쓸 수 있었음도 아울러 고맙게 생각한다.

1992년 9월 | 박완서

그 많던 싱아는
누가 다 먹었을까

장편소설『그 많던 싱아는 누가 다 먹었을까』
『그 많던 싱아는 누가 다 먹었을까』 재판
웅진출판
2002년

〔**서문**〕**다시 책머리에**…이 책을 처음 내면서 쓴 서문을 다시 읽어보니 말미에 "나는 지금 지쳐 있고 위안이 필요하다"고 쓰고 있다. 진이 다 빠지고 빈 꺼풀만 남은 것처럼 허탈해지는 건 소설을 끝내고 나서 어김없이 돌아오는 대가여서 으레 그러려니 해왔건만, 이 소설에서 그걸 특별히 강조한 건 아마 순전히 기억에 의지한 소설이기 때문일 것이다. 기억을 환기시키기란 덮어준 상처를 이르집는 것과 같아서 힘들고 자신이 역겹기까지 하다. 그래서 그 일에서 놓여나면서까지 위안을 구했었는데, 다행히 지난 10년이란 오랫동안을 꾸준히 독자와 만나는 행운을 누렸으니 그만하면 충분히 위안을 받은 셈이다.

게다가 꾸준하게 청소년 독자가 많았다는 건 나에게 큰 행복이기도 하고 어쩌면 기적 같은 일이기도 하다. 요즘도 싱아가 어떻게 생겼는지 알고 싶다는 독자 편지를 받으면 내 입안 가득 싱아의 맛이 떠오른다. 그 기억의 맛은 언제나 젊고 싱싱하다.

나의 생생한 기억의 공간을 받아줄 다음 세대가 있다

는 건 작가로서 누리는 특권이 아닐 수 없다.

이런 새로운 독서 운동을 통해 많은 사람들이 종이책과 가까워지는 것만도 즐거운 일일 텐데 그 수익금이 좋은 일에 쓰인다니 어깨가 더욱 으쓱해진다.

2002년 1월 | 박완서

꿈꾸는 인큐베이터

『꿈꾸는 인큐베이터—제38회 현대문학상 수상소설집』
현대문학
1993년 3월 10일

〔발문〕**수상 소감—반성의 기회**…힘에 부치는 고달픈 여행에서 돌아와 혼곤한 잠에 빠졌다가 현대문학상 수상 소식을 들었습니다. 조금은 쓸쓸한 마음으로 20여 년 전 처음 소설가가 됐을 때 생각을 했습니다. 문예지가 아닌 여성지를 통해 등단했기 때문인지 그때의 내 소박하고도 간절한 소망은 1년에 한 번이나 두 번쯤 《현대문학》 같은 지면에서 원고 청탁을 받을 수 있는 작가가 되는 것이었습니다. 그만큼 당시의 《현대문학》은 문학 지망생에게 거의 유일한 꿈의 지면이었습니다. 왜 그때 생각을 했을까요. 그 《현대문학》에서 너에게 상을 준대, 하고 기뻐하기 위해서였습니다. 도무지 기쁨이 우러나지 않는 스스로를 부추겨 억지로라도 기쁘게 하기 위해서였습니다. 억지로라는 말이 상을 함부로 여기는 투로 받아들여지지 않기를 바랍니다. 요새는 무엇 하나 억지로 하지 않는 것이 없습니다. 수상작도 실은 억지로 쓴 작품입니다. 정말 왜 이런지 모르겠습니다. 나의 현실 읽기에 도무지 자신이 없습니다. 어떤 때는 앞이 캄캄할 적도 있습니다. 저는 아직도 소설의 이야기성과 그 이야기 속에 삶을 반성하고 변화시킬 수 있는 힘을 불어넣기를 꿈꾸는 지극히 보수적인 이야기꾼입니다. 그런 저의 설 자리

가 자꾸 좁아져 겨우 억지로 서 있는 것 같은 느낌이 드는 걸 어쩔 수가 없습니다. 제 구닥다리 방법으로는 한 치 앞을 못 내다보게 급변하는 현실을 따라잡기 버겁다는 엄살을 떨래서가 아니라 나름대로의 진실을 만들어 내려는 고통보다는 손끝에 익힌 재주에 의지하고 있다는 자격지심 때문입니다. 남들이 저를 잘 팔리는 작가로 알아준다는 것도 모르지 않습니다. 그러나 그게 스스로 느끼는 비소卑小함, 정열 없음에 대한 부끄러움에 무슨 위안이 되겠습니까. 상도 마찬가지입니다. 그러나 비록 위안이나 기쁨이 되진 않았다고 해도, 과연 이 상을 받아도 되는 것일까 하는 망설임을 통해 저의 마음의 태만을 반성할 수 있었다는 걸 감사하게 생각합니다. 감사합니다.

박완서

나의 가장 나종 지니인 것

『나의 가장 나종 지니인 것—제25회 동인문학상 수상작품집』
조선일보사
1994년 8월 15일

〔**발문〕수상 소감—계면쩍은 걸 어쩝니까**…무더운 날이 줄기차게 계속되고 있다. 내 생전엔 이렇게 견디기 힘든 더위는 처음이라고 아이들에게 말하고 나면 다음 날은 더 기온이 올라가곤 한다. 전 생애의 경험을 걸고 증거하고 싶은 게 겨우 금년 더위가 사상 초유라는 것밖에 없는 내 나이가 손자들 보기엔 얼마나 유구해 보일까. 아마 관상대의 역사만큼이나 길어 보였을 것이다. 나도 어렸을 때는 육십이 넘은 사람은 왜 살고 있는지 이상하게 여기곤 했었다. 죽을 일밖에 안 남아 있는 나이는 어린 마음에 불쌍하고 두렵게 비쳤다.

역시 더운 날, 가장 더운 시간에 동인문학상을 받게 되었다는 통보를 받았다. 솔직히 곤혹스러웠다. 상이 비켜 갈 때가 충분히 되었다고 생각한 것은 문단 경력하고도, 작품에 대한 겸양이나 자만하고도 상관이 없다. 순전히 나이 때문이었을 것이다. 이 나이에 다시 상 받는 자리에 선다는 것이 얼마나 주책스러워 보일 것인가, 자신의 모습을 상상만 해도 정나미가 떨어졌다. 면하고 싶었지만 면할 수 있는 적당한 말이 떠오르지 않았다. 거부라는 말은 즉시 떠올랐지만 그런 말은 심사위원이나 주최측을 황당스럽게 할 것 같았다. 잘난 척하는 것처럼 아니꼽게 보이기 십상인 껄끄러운 말이었다. 요컨대 면하되 우아하고 부드럽게, 그리고 깜쪽같이 면하고 싶었나 보다. 그런 말을 찾느라 우물대는 사이 상은 수락된 것이다. 우물대는 것처럼 편리하고 음흉스러운 짓은 없다. 상을 우물우물 받아들이고 나서도 줄창 상에 짓눌리는 것처럼 불편했다. 그리고 뒤늦게 사양이란 말이 떠올랐다. 그 즉시 사양이란 말만 떠올랐어도 상을 면할 수 있었을지도 모른다. '전 사양하겠어요. 상은 젊은 사람이 타야죠.' 이렇게 말할 수도 있었는데 그 흔한 말이 안 떠올랐던 것은 어쩌면 내 의식의 밑바닥에 상을 받고 싶은 마음이 잠재돼 있었음이 아니었을까? 나는 이렇게 한 마디 말에 운명을 맡겼다.

내 소설이 쉽게 읽힌다고 흔히들 말한다. 나는 독자들을 행간에 끌어들여 머뭇거리게 하고 싶은데 그냥 술술술 읽히는 모양이다. 그래서 좀 쓸쓸하다. 그러나 쉽게 읽히니까 쓰는 것도 쉽게 쓴 줄 아는 소리를 들으면 더 쓸쓸하고 슬퍼지기까지 한다. 수상작인 「나의 가장 나종 지니인 것」에 대해선 그런 말을 더 많이 들었다. 전화로 떠는 수다로 일관돼 있으니까, 쓰기가 훨씬 편했을 거라고, 하루나 이틀쯤 걸리지 않았겠느냐고, 걸린 시간까지 추측들을 한다. 소설을 쓸 때 특히 단편소설을 쓸 때 내가 가장 참담한 고생을 하는 건 기발한 줄거리나 심오한 메시지를 위해서가 아니라 말 찾기이다. 거기 딱 들어맞는 운명적인 한 마디를 찾기 위해 몇날 며칠을 헤맬 적도 많다. '거부'에서 '사양'까지 몇 시간씩 걸리는 실력이니 오죽하겠는가. 그래서 단편 한 편 쓰고 나면 몸에 진이 다 빠져버린 것처럼 느끼곤 한다. 그럼에도 불구하고 이 노릇을 그만두지 못하는 것은 살아 있는 한 놀고먹을 수는 없고 뭔가 일을 하긴 해야겠는데 할 수 있는 일이 그 짓밖에 없기 때문이다. 또 그 짓에 진을 뺄 때 가장 살맛이 나니 그만하면 운명적이라 할밖에 없다. 그래서 죽는 날까지 현역이고 싶다고 흰소리 친 적까지 있는데 이즈음엔 그 생각도 바뀌고 있다. 만약 노망이 들고 나서도 쓰기를 멈추려들지 않는다면 얼마나 추악한 노후가 될 것인가. 보통 노인의 노망은 가정 내의 고통에 머물지만 작가의 노망은 사회적인 웃음거리와 지탄을 못 면할 것이다. 노망이 들수록 말이 많아진다던가? 그런 연유로 쓰는 일에 노익장 증세가 올까 봐 진정코 겁이 난다.

노망들 걱정만 빼면 이순이 넘은 나이도 살맛이 아주 없는 것은 아니다. 잔잔한 날도 많았건만 들끓는 풍파를 헤치고 겨우 도달한 것 같은 이 평화와 자유도 지키고 음미할 만한 경지라고 생각한다. 과찬이나 과공도 평화를 해친다. 늙으면 조금 모자라게 먹어야 속이 편한 것처럼 칭찬이나 공경도 넘치는 것보다 모자라는 것이 훨씬 속 편하다. 아무리 좋은 것으로부터라도 과녁이 되는 것보다는 언저리에 수굿이 비켜나 있는 것이 좋다. 쓸쓸하기 때문이다. 노후의 평화의 진미는 쓸쓸함 속에 있다. 수상 소감이라고 잔뜩 노티만 내서 미안하다. 계면쩍어서 그런다고 양해해주길 바란다.

부숭이의 땅힘

전작동화『부숭이의 땅힘』
한양출판
1994년 12월 10일

〔서문〕작가의 말—손자들 또래로부터 사랑받는 이야기가 되었으면…3년 전 일이다. 공부하러 간 제 아빠 엄마를 따라 먼 이국땅에서 살게 된 손자를 보러 가 석 달가량 같이 지낸 일이 있다. 손자가 여럿이고 만날 기회도 자주 만들고는 있지만 한 아이하고 그렇게 오래 붙어 지내기는 처음이었다. 동화책을 많이 사가지고 갔는데도 그 아이는 순식간에 읽어버리고 매일 밤 잠자기 전이면 나에게 얘기를 해달라고 졸랐다. 하룻밤에 평균 세 개 정도는 옛날 얘기를 듣고서야 잠이 들었다. 아침에 학교 갈 때, 오늘 밤엔 이야기를 몇 개나 해줄 거냐는 약속을 받아내고야 집을 나갈 적도 있었다.

내 딴엔 동서고금을 넘나들며 이야깃거리를 구해 들었다고 생각했는데도 두 달도 못 돼 내 얘기 주머니는 바닥이 나고 말았다. 별수 없이 낮에 빈 집을 지키는 동안 밤에 너석에게 들려줄 얘기를 머릿속에서 서너 개씩 새로 만들어내지 않으면 안 되었다.

이 이야기도 그때 꾸민 이야기 중에서 손자가 재미있어 한 것 중의 하나이다. 글로 쓰고 나서는 글 속의 '부숭이'와 같은 나이의 손자에게 원고를 보내 읽어보도록 하고 그 애가 어떤 평을 하나 마음을 졸이며 기다리기도 했다. 그러니까 이 이야기를 처음 들어준 손자하고 처음 읽어준 손자는 같은 아이가 아니다.

손자들이 읽으면서 기쁨을 느끼고 살아가는 동안 힘이 되고, 어른 된 후에도 마음이 지치거나 쓸쓸할 때 어린 날 사랑받은 기억처럼 아련히 떠올라 위안과 용기를 줄 수 있는 동화는 나의 오랜 꿈이었다. 막상 해보니 그건 나의 가난한 상상력으로는 이룰 수 없는 꿈이라는 걸 알게 되었다. 그럼에도 불구하고 애정과 정성을 다한 거니, 손자들 또래로부터 널리 사랑받았으면, 은근히 바라고 있으니 노욕老欲이나 아닌지 모르겠다.

내 순수한 이야기를 아름다운 삽화로 화려하게 빛내주신 이혜리 씨께 깊은 감사를 드린다.

1994년 겨울 | 박완서

부숭이는 힘이 세다

장편동화 『부숭이는 힘이 세다』
『부숭이의 땅힘』 개정판
계림북스쿨
2001년 6월 1일

〔서문〕**작가의 말**…이 책은 몇 년 전에 『부숭이의 땅힘』이라는 제목으로 선보였던 동화책을 다시 손보아 이름을 바꾼 것입니다. 『부숭이는 힘이 세다』로 제목을 바꾼 건 어린이들에게 땅힘이라는 말이 익숙하지 않을 것 같아서입니다.

엄마 아빠는 아이를 낳아 기르면서 장차 힘 있는 사람이 될 것을 염원합니다. 몸에 좋은 걸 골라 먹이고, 적당한 운동을 시키는 것은 몸의 힘을 위해서입니다. 또, 공부 잘하기를 바라고 자식 교육을 위해서는 아까워하는 것 없이 쏟는 것도 아는 것이 힘이라는 것을 믿기 때문입니다. 험난한 세상을 헤쳐 나가려면 건강과 지식의 힘처럼 중요한 게 없다는 걸 어른들은 잘 알고 있습니다.

그러나 이 두 가지 힘만 떠받든 결과 우리 사회가 이렇게 인정사정없는 경쟁사회가 된 게 아닌가 하는 걱정 또한 떨칠 수가 없습니다.

이 책은 그런 생각에서 씌어졌습니다. 스포츠보다는 일(노동)로 터득한 힘, 교과서보다는 자연에서 배운 폭넓은 앎의 힘, 경쟁에 이겼을 때의 교만함보다는 화합했을 때의 겸손한 기쁨의 힘, 허세가 아닌 진정한 자존심의 힘, 사랑과 우정의 힘 등 경쟁사회에서 잊혀진 근원적이고 소박한 힘을 깨우쳐주고 싶었습니다.

이 책을 쓰게 된 것은 내 손자들 가운데 이야기를 너무 좋아하는 아이가 있었기 때문입니다. 나는 그 아이를 위해 내가 아는 옛날이야기란 이야기는 다 해주었습니다. 그러다가 마침내 이야기 주머니가 바닥이 나자 새로운 이야기를 지어낼 수밖에 없었고, 그중에서 그 녀석이 제일 좋아한 이야기를 읽을거리로 손질하게 된 것입니다.

이렇듯 이 이야기는 사랑으로 지어낸 이야기입니다. 나는 어린이들이 이 책을 읽으면서 기쁨을 느끼고, 어른이 된 뒤에도 마음이 지치거나 쓸쓸할 때, 어린 날에 받았던 사랑의 기억처럼 아련히 떠올라 위안과 용기를 갖게 되기를 바랍니다.

내가 마음 깊이 아끼던 책이 다시 빛을 볼 수 있도록 도와주신 오석균 주간님과 생동감 있는 삽화로 이야기에 새로운 힘을 불어넣어 주신 김세현 님에게 깊은 감사를 드립니다.

2001년 6월 1일 | 박완서

여덟 개의 모자로 남은 당신

소설집 『여덟 개의 모자로 남은 당신』
삼성
1995년 2월 15일

〔발문〕작가의 말…작은 책 얇은 책을 내고자 한다는 소리가 그렇게 반갑게 들릴 수가 없었다. 신문의 부피, 잡지의 두께, 소설의 권수 등 인쇄물의 무게가 마냥 늘어나기만 하는 요즈음의 추세에 질려버린 심사 때문일 터이지만 신선하게까지 느껴졌다. 전철이나 공원에서 읽으려고 핸드백이나 포켓에 찔러 넣고 다녀도 무게나 부피로 전혀 부담이 안 되는 책, 옆의 사람이 슬쩍 곁눈질해봐도 뭐 저런 시답잖은 걸 읽나, 비웃을 걱정을 안 해도 될 만큼 내용까지 가볍지만은 않은 책은 상상만 해도 즐거운 일이다.

그런 생각을 하면서 작품을 골랐다. 책의 모양까지 생각하면서 작품을 고른 일은 처음이다. 앞으로 이런 형태의 책이 가볍고도 품위 있는 책으로 정평이 나 독서계를 풍미하라는 덕담으로 작가의 말을 대신한다.

한 길 사람 속

산문집 『한 길 사람 속』
작가정신
1995년 7월 5일

〔서문〕**책머리에**…수필이나 시평류의 글을 쓸 때라고 해서 소설보다 더 쉽게 써진 일도 없지만 소설보다는 아무렇게나 써도 되는 것이려니 꾀를 부리려는 마음이 있었던 것 같지도 않다. 그럼에도 불구하고 소설이 한 권의 책으로 묶여 나올 때는 스스로 대견해하는 마음이 없지 않은데 산문집을 묶으려면 우선 남의 눈치부터 보이고 떳떳지 못한 느낌마저 든다. 소설과 수필을 층하하는 마음이 있어서가 아니라 출판물 홍수 속에서 느끼는 자격지심 때문일 것이다. 활자 공해를 혐오하는 소리를 들을 때마다 우선 내가 자제해야 할 몫을 안 생각할 수가 없었고, 그러자니 본업인 소설보다는 여기저기 쓴 잡문을 묶기가 더 망설여졌다. 말은 그렇게 하면서도 그간 다섯 권이나 되는 산문집을 냈으니 계면쩍어서 한번 해보는 변명으로 들릴지도 모르겠다. 더군다나 이번에는 출판사 측에서 졸라서 내게 된 게 아니라 내자는 말을 내가 먼저 꺼냈다.

내 소설들이 전집으로 묶이게 되면서 그동안 내 소설을 리바이벌해서 성실하게 관리해준 작가정신과의 관계가 끊기게 되는 게 섭섭해서 그런 제안을 내 쪽에서 불쑥 하게 된 것이다. 그런 구차한 방법으로라도 인연을 연장하고 싶게 호감이 가는 출판사에서 책을 내게 되어 기쁘나, 한편 도움이 되었으면 하는 속셈이 빗나가 폐나 끼치게 될까 봐 걱정스럽기도 하다. 한 권 분량의 잡문이 모이기만 하면 박박 긁어모아 한 권의 책으로 묶던 전례와는 달리 이번에는 넉넉한 분량을 놓고 꽤나 신중하게 골라내는 작업을 거쳤다는 걸로 또 수필집을 내는 염치없음을 조금이나마 덜어보고자 한다.

작가정신 여러분의 수고와, 그간의 우정에 가까운 좋은 관계에 깊이 감사한다.

1995년 6월 | 박완서

그 산이 정말 거기 있었을까

장편소설『그 산이 정말 거기 있었을까』
웅진출판
1995년 11월 25일

〔서문〕작가의 말…우리 동네엔 공원이 많다. 우리나라에서 제일 크다는 공원도 있고, 그 밖에도 이름 붙은 크고 작은 공원들이 산재해 있다. 그러나 내가 마음에 두고 사랑한 공원은 공원이라는 이름도 붙지 않은 작은 동산이었다.

꼭 밤송이 절반을 엎어놓은 것처럼 동그랗고 소복한 동산이 철 따라 옷 갈아입는 걸 보는 것도 즐거웠고, 흙 밟고 싶을 때 숲을 헤치고 올라가 보는 것도 나만이 아는 낙이었다. 큰 공원은 산책로까지 포장돼 있게 마련이고, 이름 붙은 명산은 저만치 너무 멀리 있다. 1년에 한두 번 마음먹고 찾아간다 해도 내 발로 느끼기엔 너무 거하다. 도전을 기다리는 산을 정복할 기력이 이제 나에겐 없다. 그래서 우리 동네에 남아 있는 자연 그대로의 그 작은 동산을 나는 속으로 얼마나 예뻐했는지 모른다. 걸어서 가기에도 알맞은 거리지만 차 타고 그 앞을 지날 일이 있을 때는 그쪽으로 고개를 돌리고, 하루도 같은 날이 없는 그 살아 있는 표정에 인사도 하고 감탄도 했었다.

그러던 어느 날, 그 동산이 불도저에 의해 뭉개지는 걸 보았다. 거기까지 아파트가 들어서야 하나? 나는 내 동산을 잃게 된 게 화나고 속상했지만 말릴 힘이 없었고,

내가 살고 있는 아파트 또한 곡식과 채소를 기르던 농토에 세워졌을 거란 생각을 하며 황당한 심정을 달래야 했다.

그러나 그 동산은 아주 깔아뭉개지지는 않고, 중턱을 자르고 곡선을 없애고 기하학적인 직선으로 재단이 되어, 허리를 온통 시멘트 계단으로 두른 추악한 모습으로 바뀌었다. 알아보니 주민들의 요청에 따라 운동을 즐길 수 있는 여러 가지 체육시설이 들어섰다고 한다. 나는 사람들에게 물어본다.

거기 그 동산 말예요. 그 예쁜 동산을 꼭 그렇게 만들어야 했을까요? 운동할 데가 그렇게 없나요, 라고. 그러나 아무도 호응을 안 한다. 거기가 동산이었다는 것도 모르는 사람도 있다. 그 예쁜 동산을 어쩌면 그렇게 감쪽같이 잊어버릴 수가 있을까? 아니면 일부러 시침을 떼는 걸까. 그 동산이 없어져서 잘된 사람도 없지만 아쉬운 사람도 없는데 웬 걱정이냐는 투다.

불도저의 힘보다 망각의 힘이 더 무섭다. 그렇게 세상은 변해간다. 나도 요새 거기 정말 그런 동산이 있었을까, 내 기억을 믿을 수 없어질 때가 있다. 그 산이 사라진 지 불과 반년밖에 안 됐는데 말이다.

시멘트로 허리를 두른 괴물은 천년만년 누릴 듯이 완강하게 버티고 서 있고, 그 밑에 묻힌 풀뿌리와 들꽃 씨는 다시는 싹트지 못할 것이다. 내년 봄에도 후년 봄에도, 영원히.

내가 살아낸 세월은 물론 흔하디흔한 개인사에 속할

터이나 펼쳐 보면 무지막지하게 직조되어 들어온 시대의 씨줄 때문에 내가 원하는 무늬를 짤 수가 없었다. 그 부분은 개인사인 동시에 동시대를 산 누구나가 공유할 수 있는 부분이고, 현재의 잘 사는 세상의 기초가 묻힌 부분이기도 하여 부끄러움을 무릅쓰고 펼쳐 보인다.

'우리가 그렇게 살았다우.'

이 태평성세를 향하여 안타깝게 환기시키려다가도 변화의 속도가 하도 눈부시고 망각의 힘은 막강하여, 정말로 그런 모진 세월이 있었을까, 문득문득 내 기억력이 의심스러워지면서, 이런 일의 부질없음에 마음이 저려오곤 했던 것도 쓰는 동안에 힘들었던 일 중의 하나이다.

미완으로 끝낸 『그 많던 싱아는 누가 다 먹었을까』를 이렇게 완결토록 꾸준히 격려해준 웅진출판사 여러분께 깊은 감사를 드린다.

1995년 11월 | 박완서

모독

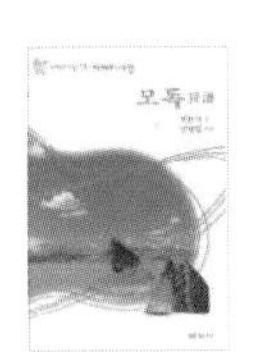

기행산문집 『모독』
학고재
1997년 1월 30일

〔서문〕작가의 말…수박 겉핥기식 외국 여행을 하지 않으려면 미리 그 나라의 문물에 대해 공부를 하고 떠나야 한다는 소리를 많이 들어서 알고 있지만 그대로 해본 적은 없다. 미리 정보를 주고 싶어 하는 남의 친절조차 달가워하지 않았다. 처음 보는 것들을 선입관으로 물 가게 함 없이 싱싱하게, 생으로, 느끼고 싶었다. 느낌이 중요하지 지식이야 필요하면 나중에라도 얼마든지 찾아볼 수 있으니까.

어릴 적부터의 버릇일 것이다. 학교 다닐 때에도 예습은 철저하게 안 했다. 복습은 했지만 시험 때문에 억지로 최소한도로 했다.

어떻게 티베트 얘기가 나와 세계문화예술기행이라는 이 거창한 기획에 끼어들게 되었는지 그 자세한 경위는 잘 생각나지 않는다. 네팔은 두어 번 다녀온 적이 있고, 그 나라를 병풍처럼 감싸고 있는 히말라야산맥을 볼 때마다 저 산 너머엔 뭐가 있을까 생각하곤 했지만, 그 산을 넘을 수 있을 것 같지 않아서 품을 수 있는 동경이었다. 그 산 너머 북쪽 나라는 중국인데 왠지 중국에서 떼어내어 따로 티베트라고 여기고 싶은 것도 그 고장의 강력한 인력引力이었다.

내 속셈을 읽고 구체화시켜준 것은 민병일 시인이었다. 나는 손끝 하나 까딱 안 하고 모든 일이 신속하게 진행됐지만 공짜는 아니었다. 갔다 와서 여행기를 쓴다는 조건이 붙었다. 여행기를 쓰려면 내가 제일 싫어하는 예습을 해야 할 것 같아서 몇 번 사양도 하고 앙탈도 하다가 못 이기는 척 여행길에 올랐다. 아따 모르겠다, 공부는 그 시간에 잘 들어두는 게 제일이지 하고 배짱을 부리면서.

민병일 시인이 카메라를 들고 따라나서 주었고, 소설 쓰는 이경자, 김영현도 동행이 돼주었다. 즐거울 수밖에 없는 팀이었지만 너무도 엄혹한 자연환경 때문에 내 생에서 가장 고된 여행이 되었다. 노구老軀를 이끌고 다닐 데가 아니로구나. 자주 나이를 의식해야 하는 것도 괴로웠다. 그이들에게 폐 끼치는 일이 생길까 봐 늘 조마조마했던 것도 긴장을 유지하는 데 도움이 되었다. 이렇듯 내 몸 추스르기에 바쁘다 보니, 보고 느낀 걸 기록하는 현장 공부도 부실할 수밖에 없었다. 여행 후의 후유증도 오래갔다.

나중에 자료를 찾아가며 복습을 하면 되려니 했는데 그것조차 시일을 놓치고 말았다. 기억은 흐려졌고, 국내에서 내가 구할 수 있는 티베트 자료도 백과사전적인 것에 국한돼 있었다. 원하는 자료는 구해지지 않았다. 나는 순전히 민병일 시인이 꼼꼼하게 찍은 사진을 보면서 기억을 되살려내지 않으면 안 되었다.

이 책은 내 힘으로 된 게 아니다. 나는 시인의 사진에다 설명을 붙이는 정도의 역할밖에 하지 못했다. 사진 찍기 좋은 고장도 아니었다. 사원 내부는 촬영이 금지돼 있거나 큰돈을 요구하기도 했지만, 몰래 찍는 것도 불가능하게 어두침침했다. 늘 뒤에 처지는 민 시인을 기다리며 몰래 사진 찍다 봉변을 당하고 있는 게 아닌가 불안해한 적이 한두 번이 아니다. 자연환경에 대해서야 그런 제약이 없지만 너무 자주 차를 세우고 사진을 찍고 싶어 하는 바람에 구박도 받아가며, 그러고는 매일같이 코피를 흘리고 다닌 시인을 생각하면 지금도 안쓰럽다. 그에 대한 안쓰러움이 없었다면 아마 이 여행기는 쓰지 못했을 것이다.

동행해주고 룸메이트까지 돼준 이경자는 또 얼마나 고마웠는지, 그 이질적인 문화와 종교를 체험해보고 친근감을 표현하려는 그의 적극성은 들르는 사원마다 오체투지를 따라 할 정도로 남달랐다.

김영현이 끊임없이 웃겨주지 않았으면 무슨 수로 그 혹독한 산소부족을 견디어냈을까. 그는 우리 모두에게 살아 있는 산소통이었다.

마지막으로 네팔이나 티베트 등 오지 여행을 할 때마다 안내를 맡아준 혜초여행사의 석채언 부장에게도 깊은 감사를 보낸다.

나로서는 애를 쓰느라고 썼건만 결국은 망친 시험지 같은 여행기를 내놓게 된 것을 그 모든 분들에게 송구스럽게 생각한다.

1996년 겨울에 | 박완서

잃어버린 여행가방

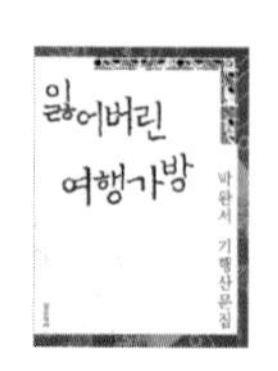

기행산문집 『잃어버린 여행가방』
『모독』 개정증보판
실천문학사
2005년 12월 22일

〔**발문〕책 뒤에 붙이는 글**…이 기행산문집은 1997년 학고재에서 나온 티베트·네팔 기행문 『모독』을 실천문학사에서 다시 내고 싶다는 뜻을 수차례 비쳐왔고, 저도 그냥 절판되게 내버려두기에는 아깝다는 생각을 해오던 터라 못 이기는 척 동의해서 새로 꾸미게 된 책입니다. 당초 『모독』은 사진과 글이 반반씩 들어갔었는데, 이왕 새로 만드는 김에 글을 대폭 늘려 읽기 위주의 책으로 꾸며보고 싶었습니다. 그래서 보태게 된 글들은 『모독』과의 조화를 생각해서 지구상에서 제가 가본 고장 중, 혜택 받지 못한 혹독한 땅의 체험을 주로 했고, 좀처럼 가기 어려운 데를 얼떨결에 다녀오고 나니, 갈 수 있었다는 걸 두고두고 나만 누린 혜택처럼 감사하게 되는 특별한 여행기와, 국내에선 제가 좋아해서 거의 해마다 단골로 다니는 정든 고장 이야기들입니다.

아름다운 책 『모독』이 모습을 달리한 책에 실릴 수 있도록 흔쾌히 허락하고 협조해주신 학고재 출판사와 제 글에 대한 각별한 애정과 관심을 가지고 흩어진 글들까지 찾아내어 한 권의 책으로 엮어주신 실천문학사 여러분에게 깊은 감사를 드립니다.

병술년 정초 | 박완서

어른 노릇 사람 노릇

산문집 『어른 노릇 사람 노릇』
작가정신
1998년 3월 20일

〔서문〕**책머리에**…어려운 시기에 책을 내게 되었다. 약속한 걸 안 할 정도로 호들갑을 떨고 싶지 않아 그동안 써온 짧은 글 중에서 웬만한 걸 추려보았다. 어려운 때일수록 위로가 필요하지 않을까 하는 생각도 해보았다. 그러나 내 글이 독자에게 위로가 되리라는 자신 같은 게 있는 것도 아니다. 나는 읽고 쓰는 재주밖에 없고, 죽는 날까지 그걸로 버틸 작정이고 그게 자신에게 위로가 되는 건 사실이지만.

작가정신하고의 해묵은 약속에서 비롯된 일이긴 하지만 약속 이행이라는 사무적인 생각보다는 이 어려운 때를 버틸 수 있는 힘을 서로 나눌 수 있었으면 하는 마음이 더 많이 움직여 이 책을 엮게 되었는데 세월이 하도 뒤숭숭하다 보니 내가 아끼는 작고 착한 출판사한테 도리어 폐나 끼치게 되면 어쩌나 걱정스럽다.

이 책을 내기 위해 여러 걸음 해준 박진숙 대표와 정성을 다해준 작가정신 식구들에게 깊은 감사를 드린다.

박완서

너무도 쓸쓸한 당신

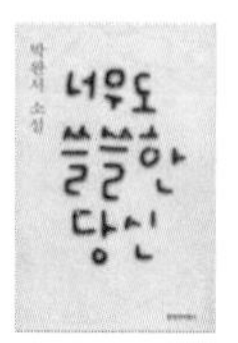

소설집 『너무도 쓸쓸한 당신』
창작과비평사
1998년 12월 15일

〔**서문**〕…내가 상을 탈 때라든지 남의 수상식에 갈 때마다 느끼는 건데, 상금만 있고 수상식은 없었으면 상도 탈 만하련만, 하고 느끼곤 한다. 수상식엔 으레 음식이 나오니까 수상식까지는 참아준다 해도 빤한 소리를 할 수밖에 없는 수상 소감만이라도 안 할 수 있으면 얼마나 좋을까 싶다. 비슷한 생각을 책을 낼 때도 하게 된다. 왜 꼭 빤한 작가 서문이라는 걸 써야 되는지, 그 부담감이 소설 한 편 만들기보다 훨씬 괴롭다. 나이 먹어가면서 점점 더 행복해질 수도 있구나 여기는 까닭 중의 하나는 안 하고 싶은 것을 안 할 수 있는 자유가 확대되는 느낌 때문인데, 그것조차 환각이었나, 이 내키지 않는 일을 창작집을 내려면 으레 넘어야 하는 고개처럼 체념하고 받아들였다. 인습이나 고정관념으로부터 자유롭기는 암만해도 내 힘에 부치는 일이구나 싶다.

이 창작집에 별 뜻이 있는 건 아니다. 이게 일곱 번째 창작집인데, 여섯 번째를 내고 나서 모인 게 마침 책 한 권 분량이 되었을 때 창비에서 출판하고 싶어 해서 내게 됐을 뿐이다. 창작집을 낼 때 서문 쓰는 것 말고 또 하나 고역스러운 것은 교정을 보기 위해 전체를 한 번 꼼꼼하게 읽어야 하는 일이다. 자기 소설을 아무리 단편이라고 해도 한두 편도 아니고 책 한 권 분량을 내리읽고 나면 넌더리가 난다. 그리고 방금 넌더리를 낸 게 자신의 몸 냄새였다는 걸 깨닫고 나면 하염없이 슬퍼지기도 한다. 그러나 이번에는 이상하게도 즐기면서 읽었다. 남의 글을 읽을 때처럼 간간이 미소 짓는 여유도 부리느라 별로 지루한 줄 몰랐다. 나는 그게 스스로 대견했다. 여기 수록된 단편들은 젊은이들 보기엔 무슨 맛으로 살까 싶은 늙은이들 얘기가 대부분이다. 늙은이 너무 불쌍해 마라, 늙어도 살맛은 여전하단다, 그래주고 싶어 쓴 것처럼 읽히기도 하는데 그게 강변이 아니라 내가 아직도 사는 것을 맛있어하면서 살고 있기 때문에 저절로 우러난 소리 같아서 대견할 뿐 아니라 고맙기까지 하다. 물론 내가 맛있다고 말할 수 있는 게 단맛만은 아니다. 쓰고 불편한 것의 맛을 아는 게 연륜이고, 나는 감추려야 감출 길 없는 내 연륜을 당당하게 긍정하고 싶다.

소설가는 늘어나는데 독서 인구는 현저하게 줄어든다고 하고, 특히 단편이 더 잘 안 읽힌다는 소리를 나도 귀가 있으니까 여러 번 들어서 알고 있다. 쓸 때는 모르는 척하고 썼지만, 막상 책으로 묶게 되니 내 책을 내고 싶어 한 고마운 출판사한테 손해나 끼치면 어쩌나, 자꾸만 걱정이 된다. 적당한 육체노동, 맛있는 식사, 마음에 맞는 사람끼리 미운 사람 욕하기, 그리고 편한 자세로 좋은 책 읽기는 내가 사는 것을 맛있어할 수 있는 데 있어서 빼놓을 수 없는 낙들이다. 만일 그런 것들을 단계적으로 잃어갈 수밖에 없다고 해도 책 읽는 즐거움만은 마지막 날까지 누리고 싶다. 이만큼 쓴 것도 읽었으니까 쓸 수밖에 없었다고 할 수 있겠으나 독자와 만나기 위해 길 떠나야 하는 건 일단 씌어진 글의 어쩔 수 없는 운명이 아닐까.

내 책을 위해 그동안 꼼꼼하게 애써주신 창작과비평사 여러분에게 깊은 감사를 보내며 아울러 내 일곱 번째 창작집의 순항도 빈다.

1998년 11월 30일 | 박완서

님이여, 그 숲을 떠나지 마오

묵상집 『님이여, 그 숲을 떠나지 마오』
여백
1999년 7월 10일

〔서문〕**머리말**…이 책은 1996년부터 98년 말까지 천주교《서울주보》에다 그 주일의 복음을 묵상하고 쓴 '말씀의 이삭'을 모은 것입니다. 지금까지 연재의 형식을 빌려 소설이나 산문을 쓴 적이 한두 번이 아닙니다만 '말씀의 이삭'처럼 시작하기 전엔 덜컥 겁부터 났고, 쓸 때마다 떨리고 송구스러웠던 적은 일찍이 없었습니다. 주보의 지면이 저에겐 그렇게 두려웠고 그곳을 차지한다는 책임감이 어찌나 버거웠던지 연재를 끝마치고 나니 몸과 마음이 붕 뜨는 것처럼 홀가분했습니다. 그런 심정을 털어놓은, 다음과 같은 연재의 마지막 말(1998년 12월 27일자 주보 '말씀의 이삭' 전문)로 여기에 머리말을 삼고자 하는 건, 신앙에 있어서 발전보다는 초심으로 돌아가고 싶은 제 소망 때문입니다.

"형제자매 여러분 감사합니다.

이 귀하고 어려운 지면을 차지해온 지 어언 3년이 지났습니다. 그러나 3년을 쓰겠다는 당초의 약속을 제대로 지킨 것은 아니었습니다. 1년 남짓 쓰고 나서 '말씀의 이삭'을 쓰는 어려움과 두려움을 감당하기가 저에게 얼마나 버겁다는 걸 선교국 신부님과 수녀님에게 호소하기 시작했습니다. 그게 받아들여져 처음엔 조양희 씨하고, 다음엔 최인호 씨하고 한 달씩 번갈아 씀으로써 겨우 3년을 채울 수가 있었습니다.

'말씀의 이삭'을 쓰기 시작할 때 교만한 마음으로 쓰기 시작했다는 게 저의 가장 큰 잘못이었고 착오였습니다. 저는 세례받은 지 15년이나 되는데 그동안 봉사라는 걸 한 적이 없었습니다. 그래서 '말씀의 이삭'을 써보지 않겠느냐는 제안을 받았을 때 여지껏 봉사한 것도 없는데 약간의 글재주로 나도 봉사라는 거 한번 해볼까, 하는 지극히 건방지고 콧대 높은 마음으로 그 일을 승낙한 거였습니다.

그러나 봉사가 그렇게 쉬운 게 아니었습니다. 봉사란 자기 이익을 돌보지 않고 국가나 사회 또는 남을 위해 일하고 섬기는 일입니다. 자기주장을 펴고 싶고, 자기 글이 돋보이고 자기 이름을 빛내고 싶은 글쟁이한테는 가장 하기 어려운 일입니다. 또한 이 난은 얕은 글재주로 쉽게쉽게 채울 수 있는 자리가 아니라는 것이 점점 분명해지는 것도 두려운 일이었습니다. 그 주일의 복음을 읽고 또 읽어 가슴에 새기고 깊이 묵상하지 않고는 좋은 글이 나오지 않는 것은 당연한 일인데, 저는 너무 늦게 깨달은 거였습니다. 가짜 글로 남은 속일 수 있어도 자신은 속일 수 없다는 게 가장 겁나고 뼈아팠습니다. 결국은 겉핥기로 읽고 다 알아버린 것처럼 여기고 있던 성서를 곰곰이 마음에 새겨가며 읽고 또 읽을 수밖에 없었습니다. 3년 동안 그러고 나니, 전에는 도무지 확신이 안 서던, 자신이 크리스천이라는 사실을 비로소 기쁘고 떳떳하게 인정하게 되었습니다. 그건 굉장한 소득입니다. 그러고 보니 제가 봉사를 한 게 아니라 이 난이 저에게 봉사를 해준 거였습니다. 제가 봉사를 할 수 있으리라고 여긴 것조차 저의 교만이었음을 이제야 알겠습니다.

이 난을 통해서 저를 알게 되고 저에게 따뜻한 인사를 걸어준 교우들에게도 깊은 감사를 드립니다. 그 밖에 많은 교우들과 소통할 수 있었음을 분에 넘치는 복으로 생각하고 길이 기억하겠습니다.

가끔은 '말씀의 이삭'을 읽는 맛에 성당에 간다고 농을 걸어준 분도 있었습니다. 아마 저를 격려해주고 싶어서 그런 농담을 건넨 거였으련만, 그 말이 귀에 달콤해 잠시 우쭐한 적도 있었다는 걸 주님 앞에, 그리고 여러 교우들 앞에 고백하며 용서를 빕니다. 이 또한 마음의 교만에서 우러난 미혹이었음을 그때는 미처 깨닫지 못했습니다.

성서를 여러 번 읽고 묵상한 것처럼 은근히 자랑을 한 게 방금 전인데 성서의 가장 큰 가르침인 겸손을 몸에 붙이기는 아직아직 멀었음을 부끄럽게 여기며 저의 교만을 뉘우치오니 주여, 저의 이 회개를 불쌍히 여기소서."

1999월 6일 | 박완서

어떤 나들이

〈박완서 단편소설 전집 1〉
문학동네
1999년 11월 20일

〔**서문**〕**작가의 말**…내년이면 등단한 지 30년이 된다. 늦게 시작했기 때문에 이젠 나이도 많이 먹었다. 틈만 나면 은근히 주변 정리를 하는 게 일이다. 정리라고 해도 무얼 가지런히 하는 게 아니라 주로 없애는 일을 한다. 평생 비싼 걸 소유해본 적이 없기 때문인지 아까운 것도 없고 버릴 때 망설임도 없다. 꽉 찬 서랍보다 빈 서랍이 훨씬 더 흐뭇하다. 끄적거려 놓은 일기나 비망록 따위도 이미 다 없앴고 그때그때 필요에 의해 남긴 메모도 시효가 지나는 대로 지딱지딱 없애는 걸 원칙으로 하고 살고 있다. 그렇게 말하고 나니 도통이라도 한 것 같지만 이미 활자가 되어 세상에 내놓은 글에 대해서는 그렇게 무심한 편이 못 된다. 세상에 퍼뜨려놓은 활자를 다 없이 할 수 없는 바에야 생전에 한 번쯤은 가지런히 해놓고 싶은 마음은 책임감 같지만 어쩌면 과욕인지도 모르겠다.

장편은 이미 전집으로 묶었고, 단편도 한 권 분량이 되는 족족 책을 냈으니 늦어도 4, 5년 터울로 작품집을 냈는데도 더러 빠진 것도 있고, 절판된 것도 있고, 선집이란 명목으로 중복된 것도 있고 하여 뒤숭숭하던 차에 문학동네에서 전집 제안을 받고는 못 이기는 척 응하고 말았다. 책임감이든 과욕이든 내 마음을 읽어준 출판사가 있었다는 걸 큰 복으로 생각하면서 지난 30년 동안 쓴 단편들을 연대순으로 통독할 수 있는 기회를 가졌다. 그중에는 이런 글을 언제 썼을까, 잘 생각나지 않는 것까지 섞여 있었다. 발표 당시 주목도 못 받았고 내가 생각해도 완성도가 떨어져 아마 잊고 싶었던 글이 아니었나 싶다. 그런 글까지 이번 전집에는 포함시켰다. 한 작가가 걸어온 문학적 궤적을 가감 없이 정직하게 드러내 보여주는 것도 전집 발행의 의의라고 생각해서다. 수준작이건 타작이건 간에 기를 쓰고 그 시대를 증언한 흔적을 읽는 것도 나로서는 흥미로운 일이었다.

이 어려운 시기에 아무리 생각해도 장사가 될 것 같지 않은 일을 선뜻 맡아준 문학동네에 깊은 감사를 드린다.

1999년 11월 | 박완서

그 여자네 집

〈박완서 단편소설 전집 6〉
〈박완서 단편소설 전집〉 개정증보판
문학동네
2006년 8월 25일

〔서문〕**개정판 작가의 말**…문학동네에서 등단 후 30년 동안 쓴 단편들을 모아 다섯 권짜리 전집을 낸 지 7년 만에 장정을 바꾸면서 한 권을 더 보태게 되었다. 추가하게 된 여섯 권째는 역시 7년 전에 창비에서 나온 단행본『너무도 쓸쓸한 당신』을 제목만 바꾼 것이다. 처음 다섯 권을 전집으로 묶기 위해 훑어볼 적엔 내 개인사뿐 아니라, 마치 내가 통과해온 시대와의 불화를 리와인드시켜 보는 것 같아 더러 지겹기도 하고 더러는 면구스럽기도 했다. 한때는 글의 힘이 세상을 바꿀 수도 있을 것처럼 치열하게 산 적도 있었나 본데 이제 와 생각하니 겨우 문틈으로 엿본 한정된 세상을 증언했을 뿐이라는 걸 알겠다.

새로 추가하게 된『그 여자네 집』은 그런 전작들보다 한결 편안하게 읽힌다. 독자로서의 나의 현재 나이 탓인지, 혹은 그 작품을 집필할 당시의 작가로서의 연륜 탓인지, 아마 둘 다일 것이다. 편안한 게 반드시 좋은 것만은 아니라는 건 나도 안다. 그러나 지금 내 나이가 치열하게 사는 이보다는 그날그날의 행복감을 놓치지 않도록 여유를 가지고 사는 사람이 더 부럽고, 남들이 미덕으로 치는 일 욕심도 지나치면 오히려 돈 욕심보다 더 딱하게 보이는 노경에 이르렀다는 걸 무슨 수로 숨기겠는가. 내가 쓴 글들은 내가 살아온 시대의 거울인 동시에 나를 비춰볼 수 있는 거울이다. 거울이 있어서 나를 가다듬을 수 있으니 다행스럽고, 글을 쓸 수 있는 한 지루하지 않게 살 수 있다는 게 감사할 뿐이다.

새로 선보이는 여섯 권짜리는 한 권이 더해졌을 뿐 아니라, 장정도 젊은 취향으로 새로워져서 마치 내가 구닥다리 옷을 최신 유행으로 갈아입은 것처럼 으쓱하다. 나에게 이런 기분을 맛보게 해준 문학동네 여러분에게 깊은 감사를 드린다.

2006년 여름, 지루한 장마를 견디며 | 박완서

자전거 도둑

동화집 『자전거 도둑』
다림
1999년 12월 20일

〔서문〕**작가의 말**…여기 모인 동화는 79년 샘터사에서 나온 어른을 위한 동화집 『달걀은 달걀로 갚으렴』에서 뽑아낸 것들이다. 그 동화집은 나의 최초의 동화집일 뿐 아니라, 청탁에 의해 여기저기 발표한 것을 묶은 것이 아니라 자발적으로 내가 쓰고 싶어서 쓴 미발표 원고를 묶었다는 것으로도 나에게는 의미 있는 책이다. 그때도 나는 원고 청탁에 몰리는 조금도 한가하지 않은 작가였는데도 왜 이런 일을 할 수가 있었을까. 아마 70년대라는 암울한 시대와 관련이 있지 않나 싶다. 소설로는 못 풀어낼 답답한 심정을 동화라는 형식에 의탁하고자 했을 것이다. 옛날 우리 할아버지 할머니가 삶의 경륜과 가슴에 박힌 못을 해학으로 단순화시켜 손자들에게 들려주듯이.

지금도 그렇지만 그때도 내 얄팍한 글재주가 선인들의 곰삭은 지혜를 어찌 흉내라도 낼 수 있었을까만은, 내 나름으로 열심히 때 묻지 않은 정신과 교감을 시도했다는 걸로도 각별한 애착이 가는 글들이다. 샘터사가 그 동안 몇 번 제목을 바꿔가면서까지 절판시키지 않고 새로운 독자와 만나도록 해준 걸 나로서는 과분한 복이라고 여기고 있었는데, 이번에는 도서출판 다림에서 그 안의 것 중 어린 독자가 읽어야 할 작품을 뽑아 아름다운 그림까지 곁들여 새로운 책으로 꾸며주니 얼마나 기쁜지 모르겠다. 늘 새로운 독자와 만날 수 있어서 동화책이란 늙을 줄 모르는 책이 아닌가 싶어 새삼 동화를 쓴 보람을 느낀다.

도서출판 다림과 아름다운 그림으로 내 글을 빛내주신 한병호 화백께 깊은 감사를 드린다.

박완서

아름다운 것은 무엇을 남길까

산문집 『아름다운 것은 무엇을 남길까』
세계사
2000년 1월 31일

〔**발문**〕**작가 후기**…등단한 지 30년이 된다. 그동안에 낸 산문집 중 절판되어 시중에서 구할 수 없는 것이 다섯 권 분량은 된다. 그중에서 추려서 산문선을 내고 싶어 하는 출판사가 내 전집을 꾸준히 간행하고 있는 세계사라 차마 거절하지 못하고 넙죽 호의를 받아들였다. 그러나 그때그때의 시사성이 농후한 칼럼이나, 흔히 잡문이라 낮춰 부르는 토막글들은 어쩔 수 없이 한물간 것들인데, 어제 것도 낡아 뵈는 이 급변하는 세상에 구태여 되살릴 필요가 있을까 싶어 여간 망설여지지가 않았다. 선별은 출판사에서 알아서 해주었지만, 이런저런 망설임과 일단 발표한 글을 다시 읽어보기를 싫어하는 마음 때문에 마냥 게으르게 굴다 보니 교정을 보는 데만도 한 달도 더 걸렸다. 너무도 적나라하게 드러난 내 삶의 궤적을 외면하고 싶은 것도 게으름의 한 원인이었다.

어찌 됐건 또 한 권의 책을 내는 걸 피할 수 없게 되었으니 변명 삼아 한마디 하자면, 여기 모인 글들은 내 개인의 흔적인 동시에 내가 작가로서 통과해온 70년대, 80년대, 90년대가 짙게 묻어나 있는 글들이다. 우리는 앞만 보고 달리다가도 우리가 살아낸 시대가 과연 무엇이었을까 문득 뒤돌아보고 싶어질 때가 있다. 무의미한 현실도 좋은 추억이 있으면 의미 있는 것이 되고, 나쁜 기억도 무력한 현재를 고양시킬 수 있는 에너지가 될 수 있다는 것을 저절로 알고 있기 때문이 아닐까. 변명치고는 너무 거창한 변명이 된 것 같지만, 언제 씌어진 것인가를 감안하지 않고 읽는 독자가 혹시 있을지도 모른다는 걱정 때문임을 밝히며 양해를 구한다.

마지막으로 기왕에 나온 책들을 전집이나 선집으로 되살려 꾸준히 관리해준 세계사에 이 자리를 빌려 깊은 감사를 드린다.

2000년 1월 | 박완서

아주 오래된 농담

장편소설『아주 오래된 농담』
실천문학사
2000년 12월 26일

〔발문〕작가의 말…《실천문학》에서 지난 1년 동안 분재했던 장편이다. 5년 만에 쓰는 장편이라 의욕에 비해 힘이 달렸다. 그러나 다행스럽게도 즐길 만큼 힘들었다. 이제 와서 작가가 무슨 말을 한다는 것은, 기껏 하고 싶은 얘기 다 하고 나서 지금 무슨 얘기를 했다고 사족을 붙이거나, 간추려서 요점을 말하는 것만치나 부질없는 짓이어서 영 내키지가 않는다. 궁여지책으로 연재를 시작할 때 의욕에 넘쳐 한 말을 꺼내 읽어보았다. '장차 이 소설을 이끌어갈 줄거리는, 환자는 자기 몸에서 일어나고 있는 일—생명의 시한까지도—에 대해 주치의가 알고 있는 것만큼은 알 권리가 있다고 생각하는 의사와, 가족애를 빙자하여 진실을 은폐하려는 가족과, 그것을 옹호하는 사회적 통념과의 갈등이 될 것이다. 그리고 이 소설을 통해 작가가 궁극적으로 말하고 싶은 것은 자본주의에 대해서이다.' 여기까지 읽다가 피식 웃음이 나면서 뭘 자본주의씩이나 적나라하게 그냥 돈으로 했으면 좋았을 것을, 하는 생각이 들었다. 돈에 대해서 말한다는 게 여성의 현실에 대해 말하는 게 돼버린 것도 독자가 눈여겨봐 주었으면 하는 바람이다.

재미와 뼈대가 함께 있는 소설이 내 소원이다. 아직도

소설 쓰는 고통을 즐길 만한 기운이 남아 있으니 언젠가는 소원 성취할 날도 있으리라.

나를 쓰도록 부추기고 책으로 내는 데 최선을 다해준 실천문학사 여러분에게 깊은 감사를 드린다.

2000년 10월 | 박완서

두부

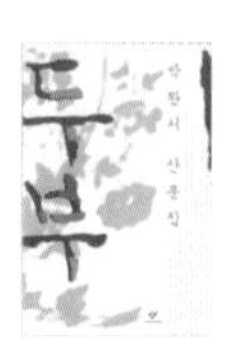

산문집 『두부』
창작과비평사
2002년 10월 30일

〔서문〕**책머리에**…수필이나 시론 따위 산문을 묶을 때마다 나도 모르게 떳떳지 못한 느낌을 갖게 된다. 사생활뿐 아니라, 그걸 쓸 당시의 세상의 숨결까지 드러나는 게 민망해서이다. 세상은 빨리 변한다. 독자들에게 한물간 소리로 들릴 것이 뻔해서 조심스러운 것이다. 될 수 있는 대로 시사성이 강한 글은 배제했건만도 그렇다. 그래서 글마다 끄트머리에 연도를 집어넣기로 했다.

'아치울 통신'이란 단원으로 묶은 글들은 가슴 아프다. 제목 그대로 우리 동네 이야기인데 나는 그 글을 나하고 비슷한 시기에 이사 온 화가 손혜경(孫惠京)을 위해 썼었다. 그와 나는 아침마다 아차산에 오르는 데 좋은 길동무였다. 그는 나보다 훨씬 젊은 나이였지만 힘든 병과 투병 중이어서 나 같은 늙은이하고 보조가 잘 맞았다. 우린 둘 다 언젠가는 정상에 오르기를 꿈꿨을 뿐 정상에 이르지 못했다. 그 무렵 어떤 잡지사로부터 내 글에 그의 그림이 들어간 우리 동네 이야기를 싣고 싶다는 청탁을 받았다. 우리는 흔쾌히 그 청탁을 받아들이면서 오래오래 이런 공동 작업을 해서 아름다운 책을 만들기로 약속했다. 그는 나를 위해 나는 그를 위해 할 수 있는 일을 갖는 게 그의 투병 생활에 힘이 될 줄 안 나의 기대는 서운케 무너졌다. 지난 초여름 그는 고통 없는 세상으로 먼저 갔다. 내 글은 마지막 잎새만도 못하다. 죽음엔 순서가 없다는 것처럼 무서운 삶의 허방은 없다.

오래 기다리고 자주 독촉해준 창비사에 미안한 마음과 고마움을 전한다.

2002년 10월 | 박완서

옛날의 사금파리

자전동화 『옛날의 사금파리—손때 묻은 동화』
열림원
2002년 12월 5일

〔서문〕작가의 말—옛날 타령…어린이 비만이 늘어난다고 걱정하는 소리가 있긴 해도 나처럼 반평생을 전쟁과 궁핍 속에서 보낸 늙은이에겐 적어도 먹고 입는 것에 한해서만은 결핍을 모르고 아이들을 기를 수 있는 세상이 얼마나 감사하고 대견한지 모르겠다. 마음으로부터 그렇게 생각하고 있는데도 나도 모르게 이 결핍 없는 세상에 대해 말도 안 되는 투정을 할 적이 있다. 정성껏 차린 풍성한 식탁 앞에서 입맛 없는 얼굴을 하고 고기도 생선도 채소도 죄다 옛날 맛이 아니라고 트집을 잡는 버릇 따위가 그렇다. 그런 옛날 타령이 잦아지니 손자들은 웃으면서 옛날엔 먹는 것이 귀했으니까 다 맛이 있었을 거라고 합리적인 해석을 해준다. 맞는 말이다. 귤 한 개를 5남매가 나눠 먹는 맛과 한 소쿠리를 혼자서 약비나게 먹을 수 있는 귤 맛이 같을 수는 없다.

이건 내 유년기 이야기니까 아마 옛날이야기가 될 것이다. 그때는 세상이 온통 남루하고 부족한 것 천지였지만 나름대로 행복했노라고 으스대고 싶어서 썼다. 마치 신나게 롤러코스터를 타는 아이한테 감옥소 앞 홈통에서 미끄럼 타는 게 훨씬 더 재미있다고 말하는 식이니까 억지를 부리는 것처럼 들릴 수도 있을 것 같다. 그러나 나의 옛날 그리움이 결핍과 궁상이 아니라 어떡하든지 그걸 덮어주려는 가족 간의 사랑과 아이들 스스로의 창조적인 상상력이라면 좀 말이 되려나 모르겠다.

어린이 잡지에 연재한 지 20년도 넘는 글을 발굴해 예쁜 책으로 꾸며주신 열림원 여러분에게 고마움을 전한다.

2002년 11월 | 박완서

보시니 참 좋았다

동화집 『보시니 참 좋았다』
이가서
2004년 2월 20일

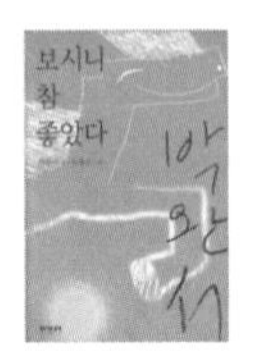

〔서문〕**작가의 말**…이 짧은 이야기들은 1970년대 말 청소년들과 젊은 엄마들을 주 독자층으로 겨냥하고 쓴 글들 중 일부이다. 출구라고는 보이지 않는 답답하고 어둡던 유신시절 나는 나도 제어할 수 없는 이상한 열정으로 보문동 오래된 한옥 안방에 밥상을 들여놓고 책 한 권 분량의 원고지를 메꿨다. 연재가 아닌 전작으로 책 한 권을 쓰기는 그때가 처음이자 마지막이다.

1979년 동화집이라 이름 붙여 샘터사에서 출간된 후, 시대의 변화에 따라 몇 번 표지나 판형을 바꿔가며 책을 내다가 절판되었다. 최근에는 다림출판사에서 그중 몇 편을 골라 『자전거 도둑』이란 이름으로 다시 출간하여 청소년들에게 널리 읽히고 있는 중에 이가서에서 누락된 걸 찾아내어 또 한 권의 책을 내겠다고 하여 읽어보니 누락되었을 뿐 찌꺼기가 아닌 것이 분명할 뿐 아니라 최초의 동화집 중 가장 아끼던 「다이아몬드」가 포함되어 있는지라 반가운 마음에 승낙하고 최근에 쓴 동화까지 보태주게 되었다.

나도 잊고 있던 글들을 찾아낸 이가서의 이흔복 편집위원의 정성과 눈썰미 덕분에 이 책이 나오게 된 것을 밝히며, 자유분방하고 파격적인 삽화로 보는 즐거움을 보태준 김점선에게도 고마움을 전한다.

2004년 입춘 | 박완서

나목에 핀 꽃

소설화집 『나목에 핀 꽃』
랜덤하우스중앙
2004년 6월 14일

〔서문〕작가의 말—부드러운 미풍은 들꽃을 피우고…시화전이라는 말은 많이 들어봤고, 또 보러 가서 감상한 적도 더러 있지만 소설화전이라는 소리는 처음 들어본다. 나만 처음 들어본 게 아니라 실제로도 처음 있는 일인 듯싶다. 초유의 일에 내가 끼게 되었다고 할 때 딱 부러지게 거절할 명분도 없었지만 썩 내키는 일도 아니었다. 그건 이 기획 자체가 마뜩찮았던 게 아니라 많이 읽힌 내 소설은 거의 다 남루했던 시절이나 잔혹했던 전쟁체험의 소산이기 때문에 그 지긋지긋한 걸 누가 그리고 싶어 할까 싶었고, 나 역시 그림으로까지 보고 싶지 않다는 생각도 들었기 때문이다. 처음부터 나와는 상관없이 기획된 일이라 끝까지 참견을 안 하려고 했는데 내 글을 빛내줄 화가는 박항률 화백이었으면 하고 의사 표시를 한 것은 지금 생각해도 잘한 일이지 싶다. 책 표지나 삽화에서 본 것 말고 박 화백의 실물 그림을 본 적은 딱 한 번밖에 없다. 전시회는 아직 가본 적이 없고 친구네 집 거실에 걸린 거였는데 훔치고 싶을 만큼 이끌렸다. 그 친구는 그때 많이 아파서 거의 죽음을 앞두고 있었는데 유난히 아름다운 것에 집착했다. 마당을 온갖 예쁜 꽃으로 뒤덮었고 진귀한 공예품이나 좋은 옷도 많이 가지고 있

었다. 그러나 그림은 딱 한 점, 박 화백의 그림만 걸어놓고 애지중지했다. 과연 그 그림은 그가 가진 많은 아름다운 것들 중에서도 압권이었다. 그가 죽음을 앞두고 아름다운 것에 집착하는 까닭을 나는 알 것 같았다.

전쟁과 굶주림의 공포처럼 지긋지긋한 건 없다. 그때 인간성이 이만큼이라도 덜 파괴된 채 살아남을 수 있었던 건 피비린내가 휩쓸고 간 들판에서도 부드러운 미풍은 들꽃을 피우고, 잿더미가 된 마을에도 장독대는 의연히 남아 있다는 걸 눈여겨보았기 때문이 아닐까. 박 화백이라면 어떤 극한 상황 속에서도 인간이기에 부릴 수 있는 그런 여유를 짚어내 보여줄 것 같다. 내 글이 박항률 화백을 만날 수 있었던 것을 큰 행운으로 생각하며 이 초유의 소설화전의 성공을 빈다.

그 남자네 집

장편소설『그 남자네 집』
현대문학
2004년 10월 23일

〔**서문**〕**책머리에**…《현대문학》이 창간한 지 50주년을 맞게 된다는 소리를 듣고부터 그때에 맞춰 소설책을 한 권 내보고 싶다는 생각을 하게 되었다. 강요된 바도, 계약 따위 절차를 밟은 바도 없건만 한번 그런 생각이 들고부터는 스스로 그 생각에 얽매이게 되었다. 왜 그랬을까. 아마 사랑 때문이었을 것이다. 아니, 사랑은 너무 과장되고 어떤 기억 때문이었을 것이다. 기억 중에는 갚아야 할 것 같은 부채감을 주는 기억도 있는 법이다.

50년대 초, 내가 결혼해서 시집살이를 한 동네는 좁고 꼬불탕한 골목 안에 작은 조선 기와집들이 처마를 맞대고 붙어 있는 오래된 동네였다. 특별히 가난할 것도 넉넉할 것도 없는 평범한 주택가였지만 전쟁이 막 끝난 때니만큼 사는 모습들은 제각기 치열하고도 남루했다. 출구가 보이지 않고, 막무가내로 답답하기만 한 시절, 어느 날 우리 집에서 멀지 않은 한 동네 낡은 조선 기와집에 '現代文學社'란 간판이 붙었다. 워낙 살기가 어려울 때니만큼 살림집도 길목만 좋으면 한쪽 벽을 헐고 구멍가게를 내는 일이 흔했다. 그런 동네 구멍가게와 다름없는 집에 그 간판이 붙자 그 집뿐 아니라 그 골목까지 갑자기 찬란해졌다. 그 남루하고 척박한 시대에도 문학이 있다는 게 그렇게 내 가슴을 울렁거리게 했다. 문학 때문에 가슴이 울렁거리고 나면 피가 맑아진 것 같은 느낌이 들곤 했다.

그때 문학은 내 마음의 연꽃이었다. 진흙탕에서 피어난 아름다움이었고, 범속하고 따분한 일상에 생기를 불어넣는 힘이었다. 이건 물론 '현대문학사'라는 고유명사가 아니라 문학에 바치는 헌사이다. 그러나 모든 것이 무너져 내리고 남아 있는 거라고는 살아남기 위한 아귀다툼밖에 없던 시절 문학이 그 누추한 삶을 뛰어넘을 수 있는 힘이 될 수 있다고 믿고 전후 최초의 문예지를 창간한 현대문학사에 대한 고마움과 사랑도 한번 근사하게 나타내고 싶었다. 그래서 시작한 이 소설은 지지난해 《문학과 사회》에 발표한 동명의 단편 「그 남자네 집」에 기초하고 있다. 단편으로 발표하고 나서 연작으로 몇 편을 더 이어 쓰고 싶은, 집착에 가까운 애정을 느꼈고, 그걸 이기지 못해 마침내 장편이 되었다. 거기다가 《현대문학》 50주년에 맞추고 싶다는 욕심까지 부리게 되어 지난여름은 힘이 많이 들었지만 다 쓰고 나니 내 안에서 중요한 게 빠져나간 것처럼 허전하다. 힘든 것도 있었지만 이 소설을 쓰는 동안은 연애편지를 쓰는 것처럼 애틋하고 행복했다. 이 나이에 연서를 쓰는 기쁨과 고통을 누리게 해준 현대문학사에 감사하며 번영과 장수를 빈다.

마지막으로 살림집의 번잡스러운 일상사로부터 이 늙은 작가를 격리시켜 안전하게 보듬고 편안한 작업환경을 마련해준 원주의 토지문화관에 고마움과 그리움을 전하고 싶다.

2004년 10월 | 박완서

호미

산문집『호미』
열림원
2007년 1월 29일

〔서문〕**책머리에**…산문집『두부』를 낸 지 5년밖에 안 됐는데 또 이렇게 그 후에 쓴 것들을 모아 한 권의 책으로 묶게 되었다. 거의가 다 칠십이 넘어 쓴 글들이다. 고령화사회에 대한 우려가 공포 분위기를 방불케 하는 요즈음 이 나이까지 건재하다는 것도 눈치 보이는 일인데 책까지 내게 되어 송구스럽다. 하지만 이 나이 이거 거저먹은 나이 아니다.

돌이켜보니 김매듯이 살아왔다. 때로는 호미 자루 내던지고 싶을 때도 있었지만 후비적후비적 김매기를 멈추지 않았다. 그 결과 거둔 게 아무리 보잘것없다고 해도 늘 내 안팎에는 김맬 터전이 있어왔다는 걸 큰 복으로 알고 있다.

내 나이에 6자가 들어 있을 때까지만 해도 촌철살인寸鐵殺人의 언어를 꿈꿨지만 요즈음 들어 나도 모르게 어질고 따뜻하고 위안이 되는 글을 소망하게 되었다. 아마도 삶을 무사히 다해간다는 안도감—나잇값 때문일 것이다.

날마다 나에게 가슴 울렁거리는 경탄과 기쁨을 자아내게 하는 자연의 질서와 그 안에 깃든 사소한 것들에 대한 애정과 감사를 읽는 이들과 함께 나눌 수 있었으면 더 바랄 게 없겠다.

이 책을 위해 채근하고 기다려준 열림원 여러분에게도 고마운 마음을 전한다.

2007년 1월 | 박완서

친절한 복희씨

소설집『친절한 복희씨』
문학과지성사
2007년 10월 12일

〔발문〕작가의 말…9년 만에 또 창작집을 내면서 또 작가의 말을 쓰려니 할 말이 궁했던지 문득 이게 마지막 창작집이 될 것 같다고 말하고 싶은 충동을 느꼈다. 그러나 곧 피식 웃음이 나면서 그런 객쩍은 짓을 안 하게 된 것은 아마 돌아가신 시어머니 생각이 나서였을 것이다. 그분은 연세가 일흔을 넘고 나서부터는 해마다 생신 때만 돌아오면 올해가 아마 마지막 생일이 될 것 같다고 비장한 어조로 말씀하시곤 했다. 그 마지막 생일은 그 후에도 십 수차례나 더 계속되어 최초의 예언적 비장미를 잃었다. 왜 그랬을까? 그분은. 생신을 잘 차려달라는 엄포였을까. 아니면 반복되는 연중행사에 진력이 나서였을까.

나도 사는 일에 어지간히 진력이 난 것 같다. 그러나 이 짓이라도 안 하면 이 지루한 일상을 어찌 견디랴. 웃을 일이 없어서 내가 나를 웃기려고 쓴 것들이 대부분이다. 나를 위로해준 것들이 독자들에게도 위로가 되었으면 한다.

활기 넘치는 표지화를 허락해준 김점선 화백과 책 한 권 분량이 되도록 기다려주고 채근해준 문학과지성사에 감사드린다.

아차산 기슭에서 길고 지루한 여름을 보내고 나서 | 박완서

세 가지 소원

이야기 모음집 『세 가지 소원』
마음산책
2009년 2월 20일

〔서문〕책머리에—70년대 초부터 최근까지, 짧은 이야기…

여기 실린 글들은 70년대 초부터 최근까지 콩트나 동화를 청탁받았을 때 쓴 짧은 이야기들을 모은 것입니다. 책으로 묶어 한 번 출판한 적도 있는데 최근에 그게 절판된 걸 알고 속으로 많이 아쉬웠던 차에 마침 마음산책 출판사의 눈에 띄어 이렇게 다시 내게 되었습니다. 과분한 새 단장을 감사하는 마음으로 최근에 쓴 걸 몇 꼭지 더 보탰습니다.

절판된 걸 알고 마음이 아렸던 것은, 비록 짧은 이야기지만 그 속에 담아내고자 했던 작가의 숨은 뜻은 그 글이 나왔던 당시보다 오늘날 더 유효할 것 같은 안타까움과 자부심 때문이었습니다.

명랑하고 활달한 그림으로 책을 빛내주신 화가 전효진 님에게 감사하며 마음산책의 눈썰미가 헛되지 않기를 빕니다.

2009년 2월 아치울 오두막에서 | 박완서

이 세상에 태어나길 참 잘했다

성장동화 『이 세상에 태어나길 참 잘했다』
작가정신
2009년 4월 1일

〔서문〕**작가의 말—할머니 마음으로 엄마에게**…벌써 몇 년 전 일입니다. 잘 아는 출판사 편집자가 어떤 교회에서 나오는 출판물에서 오려 왔다는 짤막한 기사를 나에게 보여주었습니다. 6·25 때 실제로 있었던 이야기였습니다. 그때 이야기라면 나도 누구보다도 할 말이 많은 사람이고 내가 생각해도 지겨울 정도로 그때의 경험을 많이 우려먹은 사람이지만 그 짧은 에피소드는 충격적이었습니다. 어딘지 모를 내 깊은 곳이 마치 송곳으로 찔린 것처럼 아팠고 그 아픔이 퍼져 심장이 따뜻해지는 걸 느꼈습니다. 그 감동은 쉽게 사라지지 않고 내 안에서 씨가 되어 천천히 이야기를 키워가고 있었습니다. 어려서 나에게 많은 옛날이야기를 들려주신 할머니와 엄마도 이렇게 이야기를 만드셨겠지, 그 과정이 내 안에서도 실제로 일어나는 걸 느꼈으니까요. 할머니는 손자들이 당신의 이야기를 단지 재미있어 하는 것뿐 아니라 이야기를 통해 재미 이상의 것, 사람 사는 이치와 도리를 깨우치길 바라셨을 것입니다.

이 이야기를 꾸민 나의 첫 번째 소망도 아이들이 재미있어 하는 것입니다. 아이들 마음이 되어 아이들의 생활을 사실적으로 그리려고 이 이야기의 주인공인 복동이 또래의 막내 손자의 도움을 많이 받았습니다. 복동이의 미국 생활을 묘사하는 데도 그 애의 도움이 컸고, 그 애가 친구들과 신나게 놀고 와서 쓴 글짓기를 그대로 따다가 복동이의 어느 행복한 하루를 구성하는 데 써먹기도 했지요. 이 이야기의 씨가 된 한국전쟁 때의 에피소드는 이 책 148쪽에 불쑥 짧게 나오지만 그 짧은 에피소드를 집어넣기에 딱 들어맞는 자리를 찾기 위해 이 긴 이야기를 한 것 같은 느낌이 듭니다.

이 이야기를 꾸민 내 욕심도 재미 말고 또 하나 있는데 그건 아이들이 자기 생명을 존중하고 사랑하고 남의 생명의 가치도 존중할 줄 아는 편견 없는 사람이 되어 이 세상에 태어나길 참 잘했다고 감사하며 신나게 사는 것입니다. 편견이 옳지 않은 건 인종, 피부색에 대해서도 마찬가지라고 여기기 때문에 이 이야기의 무대를 서울보다는 다문화가정이 많을 것 같은 지방 도시로 하였습니다. 복동이를 미국에 보낸 것도 미국 구경을 시키기 위해서가 아니라 그 애가 친아빠, 이민족 의붓엄마, 이복형제 등 피부색아 다른 가족의 한 사람으로 적응해가는 과정을 보여주고 싶어서였습니다.

이 이야기는 느리게 천천히 썼지만 쓸 때마다 손자가 오는 날을 기다렸다가 손자의 입에도 맞고 몸에도 좋은 음식을 궁리하고 장만할 때 같은 행복감을 느꼈습니다.

느리기로는 출판사가 나보다 더해서 이 원고를 넘긴 지가 2년은 되는 것 같은데 이제야 책이 나온다고 합니다. 아름다운 그림을 보니 기다리느라 삐친 마음이 절로

풀렸고, 경과한 시간 때문에 내 글을 남의 글처럼 객관적인 잣대로 볼 수 있는 기회가 생긴 것도 결과적으로는 좋은 일이었다고 생각합니다.

준비하는 시간만큼 수고도 많았을 어린이작가정신에게 감사를 드립니다.

못 가본 길이 더 아름답다

산문집 『못 가본 길이 더 아름답다』
현대문학
2010년 8월 2일

〔서문〕**책머리에**…또 책을 낼 수 있게 되어 기쁘다. 내 자식들과 손자들에게도 뽐내고 싶다. 그 애들도 나를 자랑스러워했으면 참 좋겠다. 아직도 글을 쓸 수 있는 기력이 있어서 행복하다. 쓰는 일은 어려울 때마다 엄습하는 자폐自閉의 유혹으로부터 나를 구하고, 내가 사는 세상에 대한 관심과 애정을 지속시켜 주었다. 또한 노후에 흙을 주무를 수 있는 마당이 있는 집에 산다는 것도 큰 복이다. 내 마당에 몸 붙이고 있는 것들은 하루도 나를 기쁘게 하지 않는 날이 없지만 손이 많이 간다. 그 육체노동 덕분에 건강을 유지한대도 과언이 아니다.

나를 지탱해주는 이 양다리가 아직은 성해서 이렇게 또 한 권의 책을 묶을 수 있게 된 것을 스스로 대견해하고 있다. 늙어 보인다는 소리가 제일 듣기 싫고, 누가 나를 젊게 봐준 날은 온종일 기분이 좋은 평범한 늙은이지만 글에서만은 나잇값을 떳떳하게 하고 싶다.

『호미』 이후에 쓴 글들을 묶자고 한 것인데 추려내고 나니 많이 모자라는 것을 내가 미처 챙기지 못한 그전 것들까지 찾아내 어렵게 한 권 분량의 글을 모아준 현대문학의 수고에 깊은 감사를 드린다.

2010년 여름 | 박완서

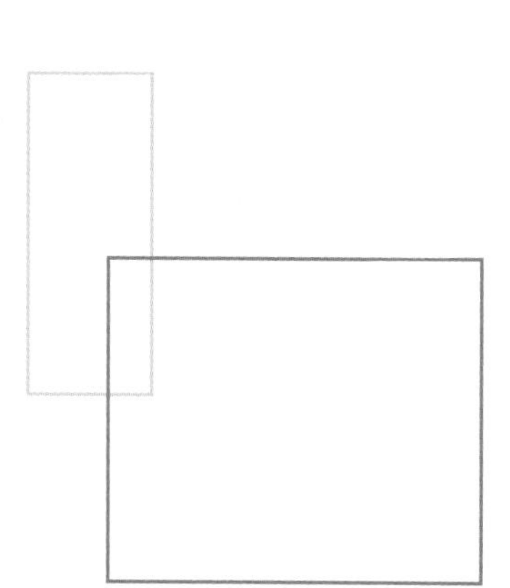

작가 연보 — 작품 연보 — 작품 화보

작가 연보

1931
10월 20일 경기도 개풍군 청교면 묵송리 박적골에서 출생. 아버지 박영노朴泳魯, 어머니 홍기숙洪己宿, 열 살 위 오빠 박종서朴鐘緖가 있음.

1934(4세)
아버지 별세. 어머니는 자식 교육에 대한 열의로 우선 오빠를 데리고 서울로 떠남. 조부모와 숙부모 밑에서 어린 시절을 보냄.

1938(8세)
서울 현저동으로 와서 살게 됨. 매동국민학교 입학.

1944(14세)
숙명여고 입학. 일제 '학도근로령' 공포.

1945(15세)
소개령疏開令으로 인해 개성으로 이사, 호수돈여고로 진학. 고향에서 해방을 맞음.
38선 형성. 북위 38도선을 기준으로 북쪽에는 소련군이, 남쪽에는 미군이 주둔. 개성 위로 38선이 지나는 탓에 미군과 소련군이 번갈아 들어오는 혼란이 야기됨.
다시 서울로 와 2학기부터 숙명여고를 계속 다님. 여고 동기인 한말숙(언니 한무숙)과 친하게 지냄. 여중 5학년 때 담임을 맡은 소설가 박노갑 선생에게서 많은 영향을 받음. 박노갑 선생 지도하에 한말숙, 김양식과 문예반 활동을 함.

1950(20세)
서울대학교 문리대 국문과 입학. 입학한 달에 6·25 전쟁 발발. 전쟁 기간 동안 서울에서 전쟁의 참상을 보고 겪음. 좌익운동을 하다가 전향하여 보도연맹에 들어간 오빠가 납북됨.
낙동강 전투. 국군과 유엔군이 낙동강 부근 방어선에서 북한군의 공격을 방어.
인천상륙작전. 유엔군 맥아더 장군의 지휘 아래 유엔군이 인천을 탈환하면서 전세가 역전됨. 9월 15일 인천상륙작전이 이루어지던 날 조카 태어남.
9·28 수복. 인천상륙작전 직후 북한군에게 점령되었던 서울을 국군과 유엔군이 완전 탈환.

1951(21세)
1·4 후퇴. 압록강과 두만강 유역까지 북진했던 유엔군이 중국군의 공세에 밀려 서울 이남 지역으로 철수. 공산 진영 서울 재점령.
1·4 후퇴 직전 오빠가 돌아왔으나 오빠의 부상으로 피난 가지 못해 현저동으로 피신.
전쟁 기간 중에 오빠와 숙부가 죽고 대가족의 생계를 책임지게 됨. 미8군 PX(동화백화점, 지금의 신세계백화점 자리)의 초상화부에서 근무. 그곳에서 남편 호영진扈榮鎭, 등단작 『나목』의 주인공인 박수근 화백을 알게 됨.

1953(23세)
4월 21일 호영진과 결혼. 그해 7월 휴전. 종로 충신동에 신혼 살림을 꾸림. 1남 4녀의 자녀를 둠.(1954년 원숙, 1955년 원순, 1958년 원경, 1960년 원균, 1963년 원태 태어남)

1961(31세)
신설동(보문동)으로 이사.

1970(40세)
습작을 써본 경험 없이 『나목』으로 《여성동아》 여류장편소설 공모에 당선. 첫 책 『나목』(동아일보사) 출간.

1971(41세)
첫 장편 연재로 《여성동아》에 「한발기」 연재. (《여성동아》 1971년 7월호~1972년 11월호. 단행본에 실린 「5월」 부분이 빠져 있음. 1978년 『목마른 계절』로 출간됨)
「세모」(《여성동아》 4월호), 「어떤 나들이」(《월간문학》 9월호)

1972(42세)
「세상에서 제일 무거운 틀니」(《현대문학》 7월호)

1973(43세)
「부처님 근처」(《현대문학》 7월호), 「지렁이 울음소리」(《신동아》 7월호), 「주말농장」(《문학사상》 10월호)

1974(44세)
「만사위」(《서울평론》 1월호), 「연인들」(《월간문학》 3월호), 「이별의 김포공항」(《문학사상》 4월호), 「어느 시시한 사내 이야기」

(《세대》 5월호), 「닮은 방들」(《월간중앙》 6월호), 「부끄러움을 가르칩니다」(《신동아》 8월호), 「재수굿」(《문학사상》 12월호)

1975(45세)
남편이 사기 사건에 연루되어 옥바라지를 함.
「도시의 흉년」 연재.(《문학사상》 1975년 12월호~1979년 7월호)
「카메라와 워커」(《한국문학》 2월호), 「도둑맞은 가난」(《세대》 4월호), 「서글픈 순방」(《주간조선》 6월호), 「겨울 나들이」(《문학사상》 9월호), 「저렇게 많이!」(《소설문예》 9월호)

1976(46세)
등단작 『나목』(열화당) 재출간.
첫 소설집 『부끄러움을 가르칩니다』(일지사) 출간.
「휘청거리는 오후」 연재.(《동아일보》 1976년 1월 1일~1976년 12월 30일)
「어떤 야만」(《뿌리깊은 나무》 5월호), 「배반의 여름」(《세계의 문학》 가을호), 「조그만 체험기」(《창작과비평》 겨울호), 「포말의 집」(《한국문학》 10월호)

1977(47세)
남편의 옥바라지 체험을 바탕으로 전해에 발표했던 단편 「조그만 체험기」에 얽힌 기사가 일간지에 실렸는데, 개인의 명예를 생각하지 않고 검찰 측의 입장만 밝혀서 문제가 됨.
『휘청거리는 오후上, 下』(창작과비평사) 출간.
《문학사상》에 연재했던 「도시의 흉년」이 단행본 『도시의 흉년 1, 2』(문학사상사)으로 출간.(1979년에 3권 출간됨)
열화당의 〈신예작가 신작소설선〉 중에 소설집 『창밖은 봄』 출간.
첫 산문집 『꼴찌에게 보내는 갈채』(평민사), 두 번째 산문집 『혼자 부르는 합창』(진문출판사) 출간.
「흑과부」(《신동아》 2월호), 「돌아온 땅」(《세대》 4월호, 「더위 먹은 버스」라는 제목으로 소설집 『배반의 여름』(1978)에 수록), 「상」(《현대문학》 4월호), 「꼭두각시의 꿈」(《수정》 1977), 「꿈을 찍는 사진사」(《한국문학》 6월호), 「여인들」(《세계의 문학》 여름호), 「그 살벌했던 날의 할미꽃」(《문예중앙》 겨울호)

1978(48세)
『목마른 계절』(수문서관) 출간.
(《여성동아》 1971년 7월호~1972년 11월호. 「한발기」라는 제목으로 연재)
소설집 『배반의 여름』(창작과비

평사) 출간.
산문집 『여자와 남자가 있는 풍경』(한길사) 출간.
「욕망의 응달」 연재.(《여성동아》 1978년 8월호~1979년 11월호)
「낙토樂土의 아이들」(《한국문학》 1월호), 「집보기는 그렇게 끝났다」(《세계의 문학》 가을호), 「꿈과 같이」(《창작과비평》 여름호), 「공항에서 만난 사람」(《문학과지성》 가을호)

1979(49세)
『도시의 흉년 3』(문학사상사) 출간.
『욕망의 응달』(수문서관) 출간. (이후 1984년 같은 출판사에서 『인간의 꽃』이라는 제목으로 다시 나온 뒤 절판. 1989년 다시 원제대로 우리문학사에서 재출간되었으나 타계 전 작가의 요청으로, 〈박완서 소설전집 결정판〉(세계사) 목록에서 제외함.
동화집 『달걀은 달걀로 갚으렴』(샘터) 출간. (『마지막 임금님』이라는 제목으로 재출간됨)
『꿈을 찍는 사진사』(열화당) 출간. (1977년 펴냈던 『창밖은 봄』과 동일한 작품을 묶음)
「살아 있는 날의 시작」 연재.(《동아일보》 1979년 10월 2일~1980년 5월 30일)
「내가 놓친 화합」(《문예중앙》 봄호), 「황혼」(《뿌리깊은 나무》 3월호), 「우리들의 부자富者」(《신동아》 8월호), 「추적자」(《문학사상》 10월호)

1980(50세)
정부의 출판물 일제 정비로 《창작과비평》 종간.
「그 가을의 사흘 동안」으로 제7회 한국문학작가상 수상.
1979년부터 《동아일보》에 연재했던 『살아 있는 날의 시작』(전예원) 출간. 박경리가 발문을 작성하면서 인연을 맺음.
「오만과 몽상」 연재.(《한국문학》 1980년 12월호~1982년 3월호)
「그 가을의 사흘 동안」(《한국문학》 6월호), 「엄마의 말뚝 1」(《문학사상》 9월호), 「육복六福」(《소설문학》 11월호), 「침묵과 실어」(《세계의 문학》 겨울호), 「옥상의 민들레꽃」(《실천문학》 창간호)

1981(51세)
「엄마의 말뚝 2」로 제5회 이상문학상 수상.
제5회 이상문학상 수상작품집 『엄마의 말뚝 2』 출간.
20년간 살던 보문동 한옥을 떠나 잠실(강남)의 아파트로 이사.
오늘의 작가 총서 『도둑맞은 가난』(민음사) 출간.(『나목』 재수록)
콩트집 『이민 가는 맷돌』(심설

당) 출간.
「천변풍경」(《문예중앙》 봄호), 「엄마의 말뚝 2」(《문학사상》 8월호), 「쥬디 할머니」(《소설문학》 10월호), 「꽃 지고 잎 피고」(피어리스 사보 《Ami》 1981), 「로얄 박스」(《현대문학》 12월호)
「도둑맞은 가난」이 일본에서 「盜まれた貧しさ」라는 제목으로 『韓国現代文学13人集(한국현대문학13인집)』(古山高麗雄편)에 수록 출간.(新潮社)

1982(52세)
10월과 11월, 문화공보부 주최 문인 해외연수에 참가, 유럽과 인도를 다녀옴.(김치수, 염재만, 이호철, 홍윤숙, 김영옥, 유재용, 김승옥, 박연희, 김홍신 등 참가)
『오만과 몽상』(한국문학사) 출간.(1985년 고려원에서 재출간)
소설집 『엄마의 말뚝』(일월서각) 출간. (첫 소설집 이후 발표된 소설을 묶음)
산문집 『살아 있는 날의 소망』(주우) 출간.
「그해 겨울은 따뜻했네」 연재. (《한국일보》 1982년 1월 5일~1983년 1월 15일)
「떠도는 결혼」 연재.(《주부생활》 1982년 4월호~1983년 11월호)
「유실」(《문학사상》 5월호), 「무중霧中」(《세계의 문학》 여름호)

1983(53세)
KBS 〈이산가족찾기〉 방영.
『그해 겨울은 따뜻했네』(민음사) 출간. (《한국일보》에 연재한 동명의 소설)
「그의 외롭고 쓸쓸한 밤」(《문학사상》 3월호), 「아저씨의 훈장」(《현대문학》 5월호), 「무서운 아이들」(《한국문학》 7월호), 「소묘」(《소설문학》 8월호)
「그 살벌했던 날의 할미꽃」이 영국 런던에서 「A Pasque-Flower on That Bleak Day」라는 제목으로, 중단편 소설집 『The Rainy Spell and Ohter Korean Stories』(서지문 역)에 수록 출간.(onyx press)

1984(54세)
7월 1일 영세 받음.
그해 창간된 잡지 《2000년》에 1984년 5월부터 12월까지 연재한 풍자소설 「서울 사람들」이 단행본 『서울 사람들』(글수레)로 출간.
『인간의 꽃』(수문서관) 출간. (1979년에 출간된 『욕망의 응달』을 제목을 바꿔 재출간)
「재이산」(《여성문학》 1월호), 「울음소리」(《문학사상》 2월호), 「저녁의 해후」(《현대문학》 3월호), 「어느 이야기꾼의 수렁」(《문예중앙》 여름호), 「움딸」(《학원》 9월호), 「지 알고 내 알고 하늘이 알건만」(『지 알고 내 알고 하늘이 알건만—창비 84 신작소설집』)

1985(55세)
방이동 아파트로 이사함.
11월 무렵 일본 '국제기금재단'의 초청으로 홀로 일본 여행.
『서 있는 여자』(학원사) 출간.
(《주부생활》에 연재했던 「떠도는 결혼」과 동일 작품)
〈베스트셀러 소설선집 7〉 『나목』(중앙일보사) 출간.
소설집 『그 가을의 사흘 동안』(나남) 출간.
한국문학사에서 나왔던 장편 『오만과 몽상』(고려원) 재출간.
자선 산문집 『지금은 행복한 시간인가』(자유문학사) 출간.
대하장편소설 「미망未忘」 연재 시작.(《문학사상》 3월호)
「해산바가지」(《세계의 문학》 여름호), 「초대」(《문학사상》 10월호), 「애보기가 쉽다고?」(《동서문학》 12월호), 「사람의 일기」(『슬픈 해후—창비 85 신작소설집』)
저, 물녘의 황홀」(『숨은 손가락—문학과지성사 신작소설집』)

1986(56세)
소설집 『꽃을 찾아서』(창작사) 출간.(『엄마의 말뚝』 이후, 1982년에서 1986년 사이에 창작한 중단편 수록)
산문집 『서 있는 여자의 갈등』(나남), 『우리를 두렵게 하는 것들』(자유문학사) 출간.
「비애의 장」(《현대문학》 2월호), 「꽃을 찾아서」(《한국문학》 8월호)

1987(57세)
소설집 『사람의 일기』(심지) 출간.
『침묵과 실어—이상문학상 수상작가 대표작품선 6』(문학사상사) 출간.
『그해 겨울은 따뜻했네』(중앙일보사) 재출간, 『목마른 계절』(열린책들) 재출간.
「저문 날의 삽화 1」(『분노의 메아리—여성동아문집』, 전예원), 「저문 날의 삽화 2」(《또 하나의 문화 4호: 여성 해방의 문학》), 「저문 날의 삽화 3」(《현대문학》 6월호), 「저문 날의 삽화 4」(《창비 1987》, 부정기 간행물)
「사람의 일기」(『슬픈 해후—창비 85 신작소설집』)

1988(58세)
《창작과비평》 8년 만에 복간.
남편(5월)과 아들(8월)이 연이어 세상을 떠남.
이해인 수녀의 제안으로 서울을 떠나 부산 분도수녀원에서 지냄.
미국 여행을 다녀옴.

10월부터 이듬해 4월까지 《문학사상》에 연재하던 「미망」을 중단함.
소설집 『유실』(고려원) 출간.
「저문 날의 삽화 5」(《소설문학》 1월호)

1989(59세)
『그대 아직도 꿈꾸고 있는가』(삼진기획) 출간.
『서 있는 여자』(작가정신) 재출간.(1985년 학원사에서 출간됐던 『서 있는 여자』 재출간)
「그대 아직도 꿈꾸고 있는가」 연재.(《여성신문》 제11호(2월 17일)~제34호(7월 28일))
1988년 10월부터 연재 중단했던 「미망」 다시 연재 시작.(《문학사상》 5월호)
「복원되지 못한 것들을 위하여」(《창작과비평》 여름호), 「가家」(《현대문학》 11월호)
「그 살벌했던 날의 할미꽃」이 프랑스에서 「Une Vieille Anémone, Un Jour Lugubre」라는 제목으로 『Une Fille Nommée Deuxième Garçon』(최윤, Patrick Maurus 역)에 수록 출간.(Le Méridien Editeur)

1990(60세)
《문학사상》 5월호로 완결된 『미망 1, 2, 3』(문학사상사)이 단행본으로 출간. 이 작품으로 대한민국문학상 우수상 수상.
『그대 아직도 꿈꾸고 있는가』의 성공으로 출판사 주최 해외 성지순례를 다녀옴.
산문집 『나는 왜 작은 일에만 분개하는가』(햇빛출판사) 출간.
산문집 『살아 있는 날의 소망』(오늘의 책) 재출간.
참척의 고통을 겪으면서 기록한 일기인 「한 말씀만 하소서」 연재.(가톨릭 잡지 《생활성서》 1990년 9월~1991년 9월)

1991(61세)
『미망』으로 제3회 이산문학상 수상.
회갑 기념 소설집 『저문 날의 삽화』(문학과지성사) 출간.
콩트집 『나의 아름다운 이웃』(작가정신) 출간.(1981년에 출간된 『이민 가는 맷돌』(심설당)에 실린 작품을 재출간)
「여덟 개의 모자로 남은 당신」(『여덟 개의 모자로 남은 당신—여성동아문집』, 정민), 「엄마의 말뚝 3」(《작가세계》 봄호, 「박완서 특집」), 「우황청심환」(《창작과비평》 여름호)
「엄마의 말뚝 1」이 영역되어 출간.(유영난 역, 『번역이란 무엇인가』, 태학사)

1992(62세)
'소설로 그린 자화상'이라는 표제로 『그 많던 싱아는 누가 다 먹었을까』(웅진출판) 출간.
『박완서 문학앨범—행복한 예술가의 초상』(웅진출판) 출간.
동화집 『산과 나무를 위한 사랑법』(샘터) 출간.(1979년 샘터에서 냈던 동화들을 모음)
「오동의 숨은 소리여」(《현대소설》 봄호)
『서 있는 여자』가 일본에서 『結婚』(中野宣子 역)이라는 제목으로 출간.(學藝書林)
「꿈꾸는 인큐베이터」(《현대문학》 1월호), 「티타임의 모녀」(《창작과비평》 여름호), 「나의 가장 나종 지니인 것」(《상상》 창간호(가을호))
「엄마의 말뚝 1」이 프랑스 〈Lettres coréennes〉 시리즈 중 『Le piquet de ma mère』(강고배, Hélène Lebrun 역)라는 제목으로 출간.(Actes Sud)
「겨울 나들이」가 미국에서 「Winter Outing」이라는 제목으로 『Land of Exile』(Marshall R. Pihl 역)에 수록 출간.(M. E. Sharpe)

1993(63세)
유니세프 친선대사로 임명.
제19회 중앙문화대상(예술 부문) 수상.
「꿈꾸는 인큐베이터」로 제38회 현대문학상 수상.
『꿈꾸는 인큐베이터—제38회 현대문학상 수상소설집』(현대문학) 출간.
『박완서 문학상 수상 작품집』(훈민정음) 출간.(「그 가을의 사흘 동안」「엄마의 말뚝 2」「꿈꾸는 인큐베이터」) 수록.
〈박완서 소설 전집〉(세계사) 『휘청거리는 오후』(소설 전집 1), 『도시의 흉년』(소설 전집 2, 3), 『살아 있는 날의 시작』(소설 전집 4), 『욕망의 응달』(소설 전집 5) 출간.

1994(64세)
「나의 가장 나종 지니인 것」으로 제25회 동인문학상 수상.
『나의 가장 나종 지니인 것—제25회 동인문학상 수상작품집』(조선일보사) 출간.
소설집 『한 말씀만 하소서』(솔) 출간.(일기와 『저문 날의 삽화』 이후의 소설을 묶음)
전작동화 『부숭이의 땅힘』(한양출판) 출간.
첫 소설집 『부끄러움을 가르칩니다』(한양출판) 재출간.
1977년에 출간된 첫 산문집 『꼴찌에게 보내는 갈채』(한양출판) 재출간.(일부 재수록)
〈박완서 소설 전집〉(세계사) 『목마른 계절』(소설 전집 6), 『엄마의 말뚝』(소설 전집 7), 『오만과 몽상』(소설 전집 8), 『그해 겨울은 따뜻했네』(소설 전집 9) 출간.
「가는 비, 이슬비」(《한국문학》 3·4월 합본호)
『그대 아직 꿈꾸고 있는가』가 독일에서 『Das Familienregister』(Helga Picht 역)이라는 제목으로 출간.(Verlag Volk & Welt)

1995년(65세)
「환각의 나비」로 제1회 한무숙문학상 수상.
『그 산이 정말 거기 있었을까』(웅진출판) 출간.
소설집 『여덟 개의 모자로 남은 당신』(삼성) 문고판 출간.
산문집 『한 길 사람 속』(작가정신) 출간.
〈박완서 소설 전집〉(세계사) 『나목』(소설 전집 10), 『서 있는 여자』(소설 전집 11) 출간.
「마른 꽃」(《문학사상》 1월호), 「환각의 나비」(《문학동네》 봄호)
『나목』이 미국 코넬대학교 출판부에서 『The Naked Tree』(유영난 역)라는 제목으로 출간.(Cornell University)
「더위 먹은 버스」 「꿈꾸는 인큐베이터」 「티타임의 모녀」 단편 세 편이 독일에서 『Die Träumende Brutmaschine: 꿈꾸는 인큐베이터』(채운정, Rainer Werning 역)라는 제목으로 출간.(Secolo)
「세모」 「주말농장」이 중국에서 「岁暮」 「周末农场」라는 제목으로 『韩国女作家作品选(한국여작가작품선)』에 수록 출간. (社会科学文献出版社)
「티타임의 모녀」가 일본에서 「ティータイムの母娘」(岸井紀子 역)이라는 제목으로 〈韓国女性作家短篇集(한국여성작가단편집)〉 중 『冬の幻』(朝鮮文学研究会 역)에 수록 출간.(朝日カルチャーセンター図書出版室)

1996(66세)
토지문화재단 발족, 이사로 취임.
소설집 『울음소리』(솔) 출간.
산문집 『우리를 두렵게 하는 것들』(자유문학사) 개정판 출간.
소설집 『꽃을 찾아서』(창작과비평사) 제2판 출간.
〈박완서 소설 전집〉(세계사) 『미망』(소설 전집 12, 13) 출간.
「참을 수 없는 비밀」(《창작과비평》 겨울호)

1997(67세)
『그 산이 정말 거기 있었을까』로 제5회 대산문학상 수상.
티베트·네팔 기행산문집 『모독』(학고재) 출간.
동화집 『속삭임』(샘터) 출간.
그림동화 『이게 뭔지 알아맞혀

볼래?』(미세기) 출간.
「길고 재미없는 영화가 끝나갈 때」(《라쁠륨》 봄호), 「그 여자네 집」(『여성동아 문집—13월의 사랑』, 예감), 「너무도 쓸쓸한 당신」(《문학동네》 겨울호)
「닮은 방들」이 미국에서 「Identical Apartment」라는 제목으로 『WAYFAPER』(Bruce Fulton, Ju-Chan Fulton 편역)에 수록 출간.(Women In Translation)

1998(68세)
구리시 아천동 아치울마을로 이사함.
보관문화훈장(문화관광부) 받음.
소설집 『너무도 쓸쓸한 당신』(창작과비평사) 출간.
산문집 『어른 노릇 사람 노릇』(작가정신) 출간.
「꽃잎 속의 가시」(《작가세계》 봄호), 「공놀이하는 여자」(《당대비평》 여름호), 「J-1 비자」(《창작과비평》 겨울호)

1999(69세)
『너무도 쓸쓸한 당신』으로 제14회 만해문학상 수상.
묵상집 『님이여, 그 숲을 떠나지 마오』(여백) 출간.
동화집 『자전거 도둑』(다림) 출간.(첫 동화집 『달걀은 달걀로 갚으렴』에서 여섯 편을 선별해 실음)
「아주 오래된 농담」 연재 시작.(《실천문학》 겨울호)
〈단편소설 전집〉(전 5권, 문학동네) 『어떤 나들이』(단편소설 전집 1), 『조그만 체험기』(단편소설 전집 2), 『아저씨의 훈장』(단편소설 전집 3), 『해산바가지』(단편소설 전집 4), 『가는 비 이슬비』(단편소설 전집 5) 출간.
『그 많던 싱아는 누가 다 먹었을까』가 『新女性を生きよ』(朴福美 역)라는 제목으로 출간.(梨の木舍)
단편 아홉 편이 미국에서 『My Very Last Possession』(전경자 외 역)이라는 제목으로 출간.(M. E. Sharpe)
「저문 날의 삽화」 「그 가을의 사흘 동안」 「도둑맞은 가난」 「엄마의 말뚝 1, 2, 3」 단편 여섯 편이 미국에서 『A SKETCH OF THE FADING SUN』(이현재 역)이라는 제목으로 출간.(White Pine Press)
「어느 이야기꾼의 수렁」이 독일에서 「Im Sumpf steckengeblieben」이라는 제목으로 『Am Ende der Zeit』(Helga Picht, Heidi Kang 편)에 수록 출간.(Pendragon)

2000(70세)
제14회 인촌산 수상(문학 부문).

9월 '2000 서울 국제 문학포럼'에서 「포스트 식민지적 상황에서의 글쓰기」 발표.
등단 30주년 기념, 산문집 『아름다운 것은 무엇을 남길까』(세계사), 『박완서 문학 길찾기—박완서 문학 30년 기념 비평집 』(세계사) 출간.
「아주 오래된 농담」(《실천문학》 가을호) 연재를 마친 후 단행본 『아주 오래된 농담』(실천문학사) 출간.

2001(71세)
「그리움을 위하여」로 제1회 황순원문학상 수상.
장편동화 『부숭이는 힘이 세다』(계림북스쿨) 출간.(『부숭이의 땅힘』(1994)을 손보아 이름을 바꾸어 출간)
「그리움을 위하여」(《현대문학》 2월호), 「또 한해가 저물어 가는데」(『진실 혹은 두려움—우리시대의 여성작가 15인 신작소설집』, 동아일보사)
「그 가을의 사흘 동안」을 영역한 『Three Days in That Autumn』(유숙희 역)이 지문당의 〈The Portable Library of Korean Literature〉 시리즈 여덟 번째 책으로 출간.

2002(72세)
산문집 『꼴찌에게 보내는 갈채』(세계사) 개정증보판 출간.(「내가 걸어온 길」 등이 추가됨)
소설집 『저문 날의 삽화』(문학과지성사) 개정판 출간.
〈박완서 소설 전집〉(세계사) 개정판 출간.(전 14권, 장정을 새로 함)
산문집 『두부』(창작과비평사) 출간.
자전동화 『옛날의 사금파리—손때 묻은 동화』(그림 우승우, 열림원) 출간.
『우리 시대의 소설가 박완서를 찾아서』(웅진닷컴) 발간.(『박완서 문학앨범』(1992)의 개정증보판)
「아치울 이야기」(『피스타치오 나무 아래서 잠들다—여성작가 16인 신작소설집』, 동아일보사),
「그 남자네 집」(《문학과사회》 여름호. 원주 박경리 토지문화관에서 집필.)
「나의 가장 나종 지니인 것」이 독일에서 「Das Allerwichtigste in meinem Leben Erzälung」이라는 제목으로 『Wintervision』(김희열, Achim Neitzert 역)에 수록 출간.(Haag+Herchen)
「엄마의 말뚝」이 일본에서 「母さんの杭」라는 제목으로 『現代韓国短篇選(현대한국단편선) 下』(三枝寿勝 역)에 수록 출간.(岩波書店)

2003(73세)

콩트집 『나의 아름다운 이웃』(작가정신) 개정판 출간.

첫 동화집 『달걀은 달걀로 갚으렴』에 수록되었던 「옥상의 민들레꽃」을 만화로 구성한 『옥상의 민들레꽃』(그림 강웅승, 이가서)이 〈만화로 보는 한국문학 대표작선 003〉으로 출간.

김남조·김후란·박완서·전옥주·한말숙 5인 에세이집 『세월의 향기』(솔과 학) 출간.

〈박완서 소설 전집〉(세계사) 『휘청거리는 오후』(소설 전집 1), 『욕망의 응달』(소설 전집 5), 『목마른 계절』(소설 전집 6), 『서 있는 여자』(소설 전집 11) 개정판 출간.

「마흔아홉 살」(《문학동네》 봄호), 「후남아, 밥 먹어라」(《창작과비평》 여름호)

『그 산이 정말 거기 있었을까』가 스페인 트로타 출판사의 〈한국문학시리즈〉 중 첫 책으로 『Aquella montaña tan lejana』(김혜정, Francisco Javier Martaín Ortíz 역)라는 제목으로 출간.(Trotta)

2004(74세)

《현대문학》 창간 50주년을 기념한 장편소설 『그 남자네 집』(현대문학) 출간.(2002년 《문학과사회》에 발표한 동명 단편을 기초로 한 작품)

일기 『한 말씀만 하소서—자식을 잃은 참척의 고통과 슬픔, 그 절절한 내면 일기』(판화 한지예, 세계사) 재출간.

〈그림, 소설을 읽다〉(전 5권) 시리즈 첫 권으로 『나목에 핀 꽃』(그림 박항률, 랜덤하우스중앙) 출간.

1979년에 펴낸 첫 동화집에 수록되었던 여섯 편에, 최근에 쓴 동화 「보시니 참 좋았다」 「아빠의 선생님이 오시는 날」을 새로 더해, 동화집 『보시니 참 좋았다』(그림 김점선, 이가서) 출간.

〈박완서 소설 전집〉(세계사) 『꿈엔들 잊힐리야』(박완서 소설 전집 12, 13, 14) 출간. (장편소설 『미망』(소설 전집 12, 13)의 일부 내용을 수정·보완한 후 표지 장정과 본문 디자인을 바꾸어 출간)

청소년판 『그 많던 싱아는 누가 다 먹었을까』(그림 강전희, 웅진닷컴) 출간.

「해산바가지」가 일본에서 「出産パガヂ」라는 제목으로 『韓国女性作家短編選(한국여성작가단편선)』(朴杓禮 역)에 수록 출간.(穗高書店)

2005(75세)

12편의 기행 산문을 모은 기행산문집 『잃어버린 여행가방』(실천문학사) 출간.(1997년 학고재에서 출간했던 『모독』 포함)

『그 산이 정말 거기 있었을까』 『그 많던 싱아는 누가 다 먹었을까』(웅진지식하우스) 양장본으로 재출간.

만화 『그 많던 싱아는 누가 다 먹었을까 1, 2』(그림 김광성, 세계사) 출간.(어린이를 위해 만화로 재구성)

〈다시 읽는 한국문학〉 시리즈 『엄마의 말뚝—다시 읽는 박완서』(그림 이승원, 맑은소리, 다시 읽는 한국문학 21) 출간.

〈20세기 한국소설〉 시리즈 『박완서』(창작과비평사, 20세기 한국소설 35) 출간.(「조그만 체험기」 「그 가을의 사흘 동안」 「엄마의 말뚝 2」 「해산바가지」 「나의 가장 나종 지니인 것」 등 수록)

「거저나 마찬가지」(《문학과사회》 봄호), 「촛불 밝힌 식탁」(『촛불 밝힌 식탁—박완서 외 여성작가 17인 신작소설』, 동아일보사)

『그 많던 싱아는 누가 다 먹었을까』가 대만에서 『那麼多的草葉哪裡去了?』(安金連 역)라는 제목으로 출간.(大塊文化)

『그 많던 싱아는 누가 다 먹었을까』가 태국에서 출간.(TPA Press)

「엄마의 말뚝 1, 2, 3」이 프랑스에서 『Les Piquets de ma mère』(Patrick Maurus, 문시연 역)라는 제목으로 완역 출간.(Actes Sud)

2006(76세)

5월 17일 서울대학교 명예문학박사 학위 수여.

제16회 호암상 예술상 수상.

묵상집 『옳고도 아름다운 당신』(시냇가에 심은 나무) 출간.(1996년부터 1998년까지 《서울주보》의 '말씀의 이삭'에 발표한 94편의 에세이를 모은 『님이여, 그 숲을 떠나지 마오』의 개정판)

문학상 수상작을 모아 『환각의 나비』(푸르메) 출간.(「그 가을의 사흘 동안」 「엄마의 말뚝」 「꿈꾸는 인큐베이터」 「나의 가장 나종 지니인 것」 「환각의 나비」 등 수록)

1999년 출간된 〈박완서 단편소설 전집〉(전 5권, 문학동네)에, 1998년에 출간된 『너무도 쓸쓸한 당신』(창작과비평사)을 추가하여, 개정판 〈박완서 단편소설 전집〉(전 6권, 문학동네) 출간.(『부끄러움을 가르칩니다』(단편소설 전집 1), 『배반의 여름』(단편소설 전집 2), 『그의 외롭고 쓸쓸한 밤』(단편소설 전집 3), 『저녁의 해후』(단편소설 전집 4), 『나의 가장 나종 지니인 것』(단편소설 전집 5), 『그 여자네 집』(단편소설 전집 6))

「대범한 밥상」(《현대문학》 2006년 1월호), 「친절한 복희씨」(《창작과비평》 봄호), 「그래도 해피

엔드」(《문학관》 가을, 한국현대문학관), 「궁합」 「달나라의 꿈」(『저 마누라를 어쩌지』, 정음)
『나목』이 스웨덴에서 『Det Kala trädet』(K Gunnar Bergström, 최병은 역)이라는 제목으로 출간.(Axplock)
『너무도 쓸쓸한 당신』이 중국에서 『孤独的你』(朴善姬, 何彤梅역)라는 제목으로 출간.(上海译文出版社)
「마른 꽃」이 한영 대역본으로 『Weathered Blossom』(유영난 역)이라는 제목으로 출간.(한림)
「엄마의 말뚝 1, 2, 3」이 네덜란드에서 『Een huis in Seoel』(Imke Van Gardingen 역)이라는 제목으로 출간.(De Geus)
「배반의 여름」이 멕시코에서 「Traición en Verano」라는 제목으로 『Por la escalera del arco iris』(정권태, 유희명, Raúl Aceves, Jorge Orendáin 역)에 수록 출간.(ARLEQUíN)

2007(77세)
산문집 『호미』(열림원) 출간.
소설집 『친절한 복희씨』(문학과지성사) 출간.
이해인, 이인호와 함께 대담집 『대화』(샘터) 출간.
청소년판 『엄마의 말뚝』(열림원) 출간.
〈다시 읽는 한국문학〉 시리즈 『엄마의 말뚝 2·3—다시 읽는 박완서』(그림 이수정, 맑은소리, 다시 읽는 한국문학 22) 출간.
〈교과서 한국문학〉 시리즈 박완서 편으로, 제1권 『옥상의 민들레꽃』(방민호 엮음, 휴이넘)을 시작으로 총 10권 발간.
중국 인민문학출판사의 〈韓國文學叢書(한국문학총서)〉 중 『그 남자네 집』이 『那个男孩的家』(王策宇, 金好淑 역)라는 제목으로 출간. (人民文学出版社)
『그 많던 싱아는 누가 다 먹었을까』가 스페인에서 『Memorias de una niña de la guerra』(LILLIAM MOROSHIM, SANG-WAN 역)라는 제목으로 출간.(Verbum)
『나목』이 중국에서 『裸木』(김연란 역)이라는 제목으로 출간. (上海泽文出版社)
「엄마의 말뚝 1, 2, 3」 「그 가을의 사흘 동안」 「꿈꾸는 인큐베이터」 「나의 가장 나종 지니인 것」 단편 6편이 헝가리에서 『Annak az ősznek három napja』(Dzsin Kjang-e, Vargha Katalin역)라는 제목으로 출간.(Nyitott könyvmühely)

2008(78세)
『꼴찌에게 보내는 갈채』(세계사) 문고판 출간.

산문집 『옳고도 아름다운 당신』(열림원) 재출간.
〈박완서 소설 전집〉(세계사) 『그 많던 싱아는 누가 다 먹었을까』(소설 전집 16), 『그 산이 정말 거기 있었을까』(소설 전집 17) 출간.
2월부터 12월까지 《현대문학》에 '박완서 연재 에세이' 연재.(총 8회)
「땅 집에서 살아요」(『소설가의 집-우리 시대 대표 여성작가 12인 단편 작품집』, 중앙북스)
멕시코 〈Colección de Literatura Coreana〉 시리즈 중 『그대 아직도 꿈꾸고 있는가』가 『¿Seguirá soñando?』(전진재, Vilma Patricia Pulgarín Duque 역)라는 제목으로 출간.(Librisite)

2009(79세)
이야기 모음집 『세 가지 소원』(그림 전효진, 마음산책) 출간.(1970년 초부터 콩트나 동화를 청탁받아 써둔 짧은 이야기를 모음)
1998년에 출간한 산문집 『어른 노릇 사람 노릇』(작가정신) 개정판 출간.(표지 장정과 본문 디자인을 새롭게 함)
성장동화 『이 세상에 태어나길 참 잘했다』(그림 한성옥, 어린이작가정신) 출간.
「빨갱이 바이러스」(《문학동네》 가을호)
미국 컬럼비아대학교 출판부의 〈Weatherhead books on Asia〉 시리즈 중 『그 많던 싱아는 누가 다 먹었을까』가 『Who Ate Up All The Shinga?』(유영난, Stephen J. Epstein 역)이라는 제목으로 출간.(Columbia University Press)
중국 상해역문출판사의 〈韩国现当代文学精选(한국현당대문학정선)〉 시리즈 중 『아주 오래된 농담』이 『非常久远的玩笑』(金泰成 역)라는 제목으로 출간.(上海译文出版社)
중국 상해문예출판사에서 〈韩国当代文学精品系列(한국당대문학정품계열)〉시리즈 중 『휘청거리는 오후』가 『蹒跚的午后』(李贞娇, 李茸 역)라는 제목으로 출간.(上海文艺出版社)
「조그만 체험기」 「그 가을의 사흘 동안」이 브라질에서 각각 「A pequena expeiĕncia」 「Trĕs dias daquele outono」라는 제목으로 『Contos Contemporâneos Coreanos』(임윤정 역)에 수록 출간.(Landy)

2010(80세)
산문집 『못 가본 길이 더 아름답다』(현대문학) 출간.(2002년 2월 《현대문학》에 발표된 에세이 「구형예찬」을 비롯하여 2008년 2월부터 12월까지 《현대문학》에 연재한 '박완서 연재 에세이'와 그

동안 쓴 짧은 글 등을 모음)
「석양을 등에 지고 그림자를 밟다」(《현대문학》 2월호), 「엄마의 초상」(『가족, 당신이 고맙습니다』, 중앙북스)

2011(81세)
1월 22일 오전 6시 17분, 담낭암으로 투병하다 세상을 떠남.
1월 24일, 금관문화훈장 추서.
1월 25일, 경기도 용인시 모현면 오산리 천주교 서울대교구 공원 묘지에 안장됨.
4월, 『모든 것에 따뜻함이 숨어 있다―박완서 문학앨범』(웅진지식하우스), 관악 초청 강연록 『박완서―문학의 뿌리를 말하다』(서울대학교 출판문화원), 그림동화 『아가 마중―참으로 놀랍고 아름다운 일』(그림 김재홍, 한울림) 출간.
「그 가을의 사흘 동안」이 프랑스에서 『Trois jours en automne』(Benjamin Joinau, 이정순 역)라는 제목으로 출간.(L'Atelier des Cahiers)
「부끄러움을 가르칩니다」가 미국에서 「We teach shame!」이라는 제목으로 『Waxen Wings』(Bruce Fulton 편)에 수록 출간.(Koryo Press)
「친절한 복희씨」가 일본에서 「親切な福姫さん」(渡辺直紀 역)이라는 제목으로 〈아시아 단편 베스트 셀렉션〉 중 『天国の風』에 수록 출간.(新潮社)

2012
1월 22일(1주기) 그간에 출간된 장편소설을 모아 〈박완서 소설 전집 결정판〉(세계사) 출간.(생전에 직접 원고를 손보다가 타계 후에는 유족과 기획위원들이 작업을 최종 마무리함)
산문집 『세상에 예쁜 것』(마음산책) 출간.
소설집 『기나긴 하루』(문학동네) 출간.
『그 많던 싱아는 누가 다 먹었을까』가 베트남에서 『ai đã ăn hết những cây sing-a ngày ấy?』(Nguyễn Lệ Thu 역)라는 제목으로 출간.(Nhà Xuất Bản Trẻ)
『그 많던 싱아는 누가 다 먹었을까』가 프랑스에서 『Hors les murs』(Hélène Lebrun 역)라는 제목으로 출간.(L'Atelier des Cahiers)
「엄마의 말뚝 1」이 한영 대역본으로 『박완서 : 엄마의 말뚝 1 Mother Stake I』(유영난 역)이라는 제목으로 출간.(도서출판 아시아)

2013
2006년 출간된 개정판 〈박완

서 단편소설 전집〉(문학동네)에 2007년에 출간된 『친절한 복희씨』(문학과지성사) 수록 단편 외 「갱년기의 기나긴 하루」「빨갱이 바이러스」「석양을 등에 지고 그림자를 밟다」를 추가하여 『그리움을 위하여』(단편소설 전집 7) 출간.
소설집 『노란집』(열림원) 출간. (2001~2002년 《디새집》에 소개한 글 모음)
미국 Dalkey Archive Press의 〈Library of Korean Literature〉 시리즈 중 『너무도 쓸쓸한 당신』이 『Lonesome You』(Elizabeth Haejin Yoon 역)라는 제목으로 출간.(Dalkey Archive Press)

2014
티베트·네팔 기행기 『모독』 재출간.(1997년 학고재에서 출간됐던 『모독』 재출간)
산문집 『호미』 개정판(열림원) 출간.
그림동화 『엄마 아빠 기다리신다』(어린이작가정신) 출간.
『친절한 복희씨』가 러시아에서 『Добрая Покхи』(Азарина Лидия역)라는 제목으로 출간.(Литературная учеба)
『한 말씀만 하소서』가 일본에서 『慟哭 : 神よ、答えたまえ』(加来順子 역)라는 제목으로 출간.(かんよう出版)

2015
〈박완서 산문집〉(문학동네) 『쑥스러운 고백』(산문집 1), 『나의 만년필』(산문집 2), 『우리를 두렵게 하는 것들』(산문집 3), 『살아 있는 날의 소망』(산문집 4), 『지금은 행복한 시간인가』(산문집 5 『사라져가는 것에 대한 애수』(산문집 6), 『나는 왜 작은 일에만 분개하는가』(산문집 7) 출간.
그림동화 『이 세상에서 제일 예쁜 못난이』 『7년 동안의 잠』(어린이작가정신) 출간.
『그 많던 싱아는 누가 다 먹었을까』가 러시아에서 『Забытый вкус кислички』(Санъюн Ли, Ёнчжун Хам 역)라는 제목으로 출간.(Время)
『그 많던 싱아는 누가 다 먹었을까』가 루마니아에서 『Cine a mâncat toată shinga?』(엄태현, Roxana Cătălina Anghelescu 역)라는 제목으로 출간.(Editura ZIP)
『그 산이 정말 거기 있었을까』가 독일에서 『War der Berg wirklich dort?』(장영석, Regine Nohejl)라는 제목으로 출간.(EOS Verlag)

2016
중국 청화대학출판사의 〈"看了又看"世界文学大师作品〉 시리즈 중 『친절한 복희씨』가 『亲切的福姬』(李贞娇, 陈亚男 역)라는 제목으로 출간.(清华大学出版社)
「닮은 방들」이 미국에서 「Identical Apartments」라는 제목으로 『The Future of Silence: Fiction by Korean Women』(Bruce Fulton, Ju-Chan Fulton 편역)에 수록 출간.(Zephyr Press)

2017
소설집 『꿈을 찍는 사진사』(문학판) 출간.(1979년 열화당에서 출간된 『꿈을 찍는 사진사』 재출간)
그림동화 『노인과 소년』(어린이작가정신) 출간.(소설집 『나의 아름다운 이웃』에 수록된 단편을 그림책으로 출간)
『그 산이 정말 거기에 있었을까』가 러시아에서 『ДЕЙСТВИТЕЛЬНО ЛИ БЫЛА ТА ГОРА?』(Ли Г. Н. 역)라는 제목으로 출간.(ГИПЕРИОН)
『친절한 복희씨』가 베트남에서 『Dành Cho Nỗi Nhớ』(Nguyễn Lệ Thu 역)라는 제목으로 출간.(Nhà xuất bản Phụ Nữ)

2018
〈박완서 산문집〉(문학동네) 『한길 사람 속』(산문집 8), 『나를 닮은 목소리로』(산문집 9) 출간.
대담집 『박완서의 말—소박한 개인주의자의 인터뷰』(마음산책) 출간.

2019
소설집 『나의 아름다운 이웃』(작가정신) 재출간.
소설집 『이별의 김포공항』(민음사) 출간.
그래픽노블 『나목』(그림 김금숙, 한겨레출판) 출간.
『너무도 쓸쓸한 당신』이 러시아에서 『Очень одинокий человек』(Ли Г. Н. 역)라는 제목으로 출간.(ГИПЕРИОН)

작품 연보

장편소설

· 『나목』 | 동아일보사 | 1970년
재출간: 『나목』 열화당 1976년
재출간: 『나목』 중앙일보사 1985년
재출간: 『나목』 작가정신 1990년
개정판: 『나목』 작가정신 1990년
재출간: 『나목』 열화당 2012년
· 『휘청거리는 오후上, 下』 | 창작과비평사 | 1977년
· 『도시의 흉년 1, 2』 | 문학사상사 | 1977년
· 『목마른 계절』 | 수문서관 | 1978년
· 『도시의 흉년 3』 | 문학사상사 | 1979년
· 『욕망의 응달』 | 수문서관 | 1979년
개정판: 『인간의 꽃』 수문서관 1984년
· 『살아 있는 날의 시작』 | 전예원 | 1980년
· 『오만과 몽상』 | 한국문학사 | 1982년
재출간: 『오만과 몽상』 고려원 1985년
· 『그해 겨울은 따뜻했네』 | 민음사 | 1983년
재출간: 『그해 겨울은 따뜻했네』 중앙일보사 1987년
· 『서 있는 여자』 | 학원사 | 1985년
재출간: 『서 있는 여자』 작가정신 1989년
· 『그대 아직도 꿈꾸고 있는가』 | 삼진기획 | 1989년
· 『미망 1, 2, 3』 | 문학사상사 | 1990년
· 『그 많던 싱아는 누가 다 먹었을까』 | 웅진출판 | 1992년
재출간: 『그 많던 싱아는 누가 다 먹었을까』 웅진출판 1995년
청소년판: 『그 많던 싱아는 누가 다 먹었을까』 웅진닷컴 2004년
재출간: 『그 많던 싱아는 누가 다 먹었을까』 웅진지식하우스 2005년
개정판: 『그 많던 싱아는 누가 다 먹었을까』 웅진지식하우스 2019년
· 『그 산이 정말 거기 있었을까』 | 웅진출판 | 1995년
재출간: 『그 산이 정말 거기 있었을까』 웅진닷컴 2001년
재출간: 『그 산이 정말 거기 있었을까』 웅진지식하우스 2005년
· 『아주 오래된 농담』 | 실천문학사 | 2000년
· 『그 남자네 집』 | 현대문학 | 2004년

소설집과 콩트집

· 『부끄러움을 가르칩니다』 | 일지

사 | 1976년
재출간: 『부끄러움을 가르칩니다』 한양출판 1994년
- 『창밖은 봄』 | 열화당 | 1977년
개정판: 『꿈을 찍는 사진사』 열화당 1979년
재출간: 『꿈을 찍는 사진사』 문학판 2017년
- 『배반의 여름』 | 창작과비평사 | 1978년
- 『박완서 선집』 | 어문각 | 1978년
- 『세상에서 가장 무거운 틀니』 | 삼중당 | 1979년
- 『이민 가는 맷돌』 | 심설당 | 1981년
재출간: 『나의 아름다운 이웃』 작가정신 1991년
개정판: 『나의 아름다운 이웃』 작가정신 2003년
개정판: 『나의 아름다운 이웃』 작가정신 2019년
- 『도둑맞은 가난』 | 민음사 | 1981년
- 『엄마의 말뚝』 | 일월서각 | 1982년
- 『그 가을의 사흘 동안—그림소설』 | 우석 | 1983년
- 『서울 사람들』 | 글수레 | 1984년
- 『그 가을의 사흘 동안』 | 나남 | 1985년
- 『꽃을 찾아서』 | 창작사 | 1986년
개정판: 『꽃을 찾아서』 창작과비평사 1996년
- 『사람의 일기』 | 심지 | 1987년
- 『침묵과 실어—이상문학상 수상작가 대표작품선 6』 | 문학사상사 | 1987년
- 『유실』 | 고려원 | 1988년
- 『저문 날의 삽화』 | 문학과지성사 | 1991년
개정판: 『저문 날의 삽화』 문학과지성사 2002년
- 『박완서 문학상 수상 작품집』 | 훈민정음 | 1993년
- 『한 말씀만 하소서』 | 솔 | 1994년
- 『복원되지 못한 것들을 위하여』 | 동아출판사 | 1995년
- 『여덟 개의 모자로 남은 당신』 | 삼성 | 1995년
- 『울음소리』 | 솔 | 1996년
- 『너무도 쓸쓸한 당신』 | 창작과비평사 | 1998년
- 『엄마의 말뚝—다시 읽는 박완서』 | 맑은소리 | 2005년
- 『환각의 나비』 | 푸르메 | 2006년
- 『친절한 복희씨』 | 문학과지성사 | 2007년
- 『엄마의 말뚝 2, 3—다시 읽는 박완서』 | 맑은소리 | 2007년
- 『기나긴 하루』 | 문학동네 | 2012년
- 『부처님 근처』 | 가교출판 | 2012년
- 『노란집』 | 열림원 | 2013년
- 『이별의 김포공항』 | 민음사 | 2019년

산문집

- 『꼴찌에게 보내는 갈채』 | 평민사 | 1977년
재출간: 『꼴찌에게 보내는 갈채』 행림출판 1984년
재출간: 『꼴찌에게 보내는 갈채』 한양출판 1994년

개정증보판: 『꼴찌에게 보내는 갈채』 세계사 2002년
재출간: 『꼴찌에게 보내는 갈채』 세계사 2008년

· 『혼자 부르는 합창』 | 진문출판사 | 1977년
· 『여자와 남자가 있는 풍경』 | 한길사 | 1978년
· 『살아 있는 날의 소망』 | 주우 | 1982년
재출간: 『살아 있는 날의 소망』 오늘의 책 1990년
· 『지금은 행복한 시간인가』 | 자유문학사 | 1985년
· 『서 있는 여자의 갈등』 | 나남 | 1986년
· 『보통으로 산다』 | 학원사 | 1986년
· 『우리를 두렵게 하는 것들』 | 자유문학사 | 1986년
개정판: 『우리를 두렵게 하는 것들』 자유문학사 1996년
· 『나는 왜 작은 일에만 분개하는가』 | 햇빛출판사 | 1990년
· 『한 말씀만 하소서』 | 솔 | 1994년
재출간: 『한 말씀만 하소서—자식을 잃은 참척의 고통과 슬픔, 그 절절한 내면 일기』 세계사 2004년
· 『한 길 사람 속』 | 작가정신 | 1995년
개정판: 『한 길 사람 속』 작가정신 2003년
· 『모독』 | 학고재 | 1997년
개정증보판: 『잃어버린 여행가방』 실천문학사 2005년
재출간: 『모독』 열림원 2014년
· 『어른 노릇 사람 노릇』 | 작가정신 | 1998년
개정판: 『어른 노릇 사람 노릇』 작가정신 2002년
개정판: 『어른 노릇 사람 노릇』 작가정신 2009년
· 『님이여, 그 숲을 떠나지 마오』 | 여백 | 1999년
개정판: 『옳고도 아름다운 당신』 시냇가에심은나무 2006년
재출간: 『옳고도 아름다운 당신』 열림원 2008년
개정판: 『빈방』 열림원 2016년
· 『아름다운 것은 무엇을 남길까』 | 세계사 | 2000년
· 『두부』 | 창작과비평사 | 2002년
· 『호미』 | 열림원 | 2007년
재출간: 『호미』 열림원 2014년
· 『못 가본 길이 더 아름답다』 | 현대문학 | 2010년
· 『세상에 예쁜 것』 | 마음산책 | 2012년

동화

· 『달걀은 달걀로 갚으렴』 | 샘터 | 1979년
재출간: 『마지막 임금님』 샘터 1980년
· 『7년 동안의 잠』 | 동화출판공사 | 1982년
개정판: 『7년 동안의 잠』 금성출판사 1997년
개정판: 『7년 동안의 잠』 어린이작가정신 2015년
· 『쟁이들만 사는 동네』 | 샘터 | 1986년
· 『산과 나무를 위한 사랑법』 | 샘터 | 1992년
· 『부숭이의 땅힘』 | 한양출판 | 1994년
개정판: 『부숭이는 힘이 세다』 계림북스쿨 2002년
개정판: 『부숭이의 땅힘』 웅진주니어 2017년

· 『속삭임』 | 샘터 | 1997년
· 『이게 뭔지 알아맞혀 볼래?』 | 미세기 | 1997년
· 『자전거 도둑』 | 다림 | 2000년
· 『옛날의 사금파리』 | 열림원 | 2002년
· 『보시니 참 좋았다』 | 이가서 | 2004년
· 『세 가지 소원—작가가 아끼는 이야기 모음』 | 마음산책 | 2009년
· 『이 세상에 태어나길 참 잘했다』 | 어린이작가정신 | 2009년
· 『아가 마중—참으로 놀랍고 아름다운 일』 | 한울림 | 2011년
· 『굴비 한 번 쳐다보고』 | 가교출판 | 2012년
· 『이 세상에서 제일 예쁜 못난이』 | 어린이작가정신 | 2014년
· 『엄마 아빠 기다리신다』 | 어린이작가정신 | 2014년
· 『노인과 소년』 | 어린이작가정신 | 2017년

수상작품집

· 『엄마의 말뚝 2—제5회 이상문학상 수상작품집』 | 문학사상사 | 1981년
· 『꿈꾸는 인큐베이터—제38회 현대문학상 수상소설집』 | 현대문학 | 1993년
· 『나의 가장 나종 지니인 것—제25회 동인문학상 수상작품집』 | 조선일보사 | 1994년

전집

· 〈박완서 소설 전집 1~13〉 | 세계사 | 1993~1996년
개정증보판: 〈박완서 소설 전집 1~17〉 세계사 2002~2008년
개정증보판: 〈박완서 소설 전집 결정판 1~22〉 세계사 2012
· 〈박완서 단편소설 전집 1~5〉 | 문학동네 | 1999년
개정증보판: 〈박완서 단편소설 전집 1~6〉 문학동네 2006
개정증보판: 〈박완서 단편소설 전집 1~7〉 문학동네 2013
· 〈박완서 산문집 1~9〉 | 문학동네 | 2015~2018년

기타

· 『박완서 문학앨범—행복한 예술가의 초상』 | 웅진출판 | 1992년
개정판: 『박완서 문학앨범 2—행복한 예술가의 초상』 웅진출판 1995년
개정증보판: 『우리 시대의 소설가 박완서를 찾아서』 웅진닷컴 2002년
개정증보판: 『모든 것에 따뜻함이 숨어 있다—박완서 문학앨범』 웅진지식하우스 2011년
· 『나목에 핀 꽃』 | 랜덤하우스중앙 | 2004년
· 『우리가 참 아끼던 사람—소설가 박완서 대담집』 | 달 | 2016년
· 『박완서의 말—소박한 개인주의자의 인터뷰』 | 마음산책 | 2018년

『나목』 동아일보사 1970년

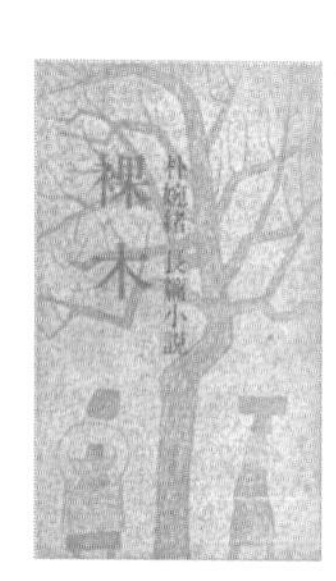

『나목』 열화당 1976년

『나목』 중앙일보사 1985년

『나목』 작가정신 1990년

『나목』 작가정신 1990년

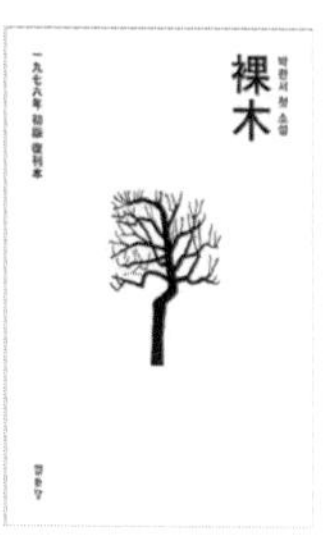

『나목』 열화당 2016년

『나목을 말하다』
열화당 2016년

『부끄러움을 가르칩니다』
일지사 1976년

『부끄러움을 가르칩니다』
한양출판 1994년

『휘청거리는 오후 上』
창작과비평사 1977년

『휘청거리는 오후 下』
창작과비평사 1977년

『꼴찌에게 보내는 갈채』
평민사 1977년

『꼴찌에게 보내는 갈채』
행림출판 1984년

『꼴찌에게 보내는 갈채』
한양출판 1994년

『꼴찌에게 보내는 갈채』
세계사 2002년

『꼴찌에게 보내는 갈채』
세계사 2008년

『혼자 부르는 합창』
진문출판사 1977년

『창밖은 봄』 열화당 1977년

『꿈을 찍는 사진사』
열화당 1979년
『창밖은 봄』 재출간

『꿈을 찍는 사진사』
문학판 2017년

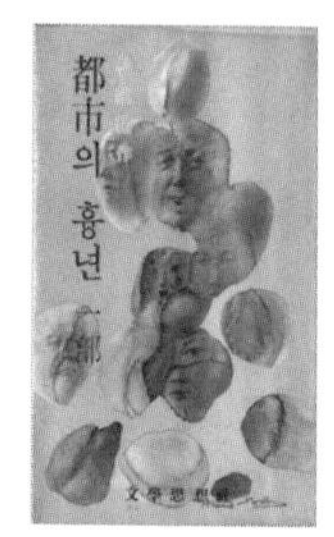

『도시의 흉년 1』
문학사상사 1977년

『도시의 흉년 2』
문학사상사 1977년

『도시의 흉년 3』
문학사상사 1979년

『목마른 계절』
수문서관 1978년

『목마른 계절』
열린책들 1987년

『배반의 여름』
창작과비평사 1978년

『여자와 남자가 있는 풍경』
한길사 1978년

『욕망의 응달』
수문서관 1978년

『인간의 꽃』
수문서관 1984년
『욕망의 응달』 개정판

『달걀은 달걀로 갚으렴』
샘터 1979년

『마지막 임금님』
샘터 1980년
『달걀은 달걀로 갚으렴』 재출간

『살아 있는 날의 시작』
전예원 1980년

『엄마의 말뚝 2—제5회
이상문학상 수상작품집』
문학사상사 1981년

『이민 가는 맷돌』
심설당 1981년

『나의 아름다운 이웃』
작가정신 1991년
『이민 가는 맷돌』 재출간

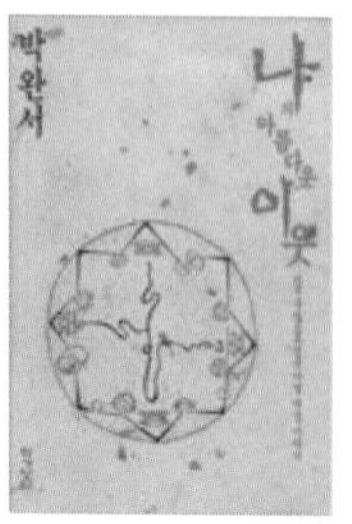

『나의 아름다운 이웃』
작가정신 1996년

『나의 아름다운 이웃』
작가정신 2003년

『나의 아름다운 이웃』
작가정신 2019년

『도둑맞은 가난』
민음사 1981년

『나목·도둑맞은 가난』
민음사 2005년

『엄마의 말뚝』
일월서각 1982년

『오만과 몽상』
한국문학사 1982년

『오만과 몽상』 고려원 1985년

『살아 있는 날의 소망』
주우 1982년

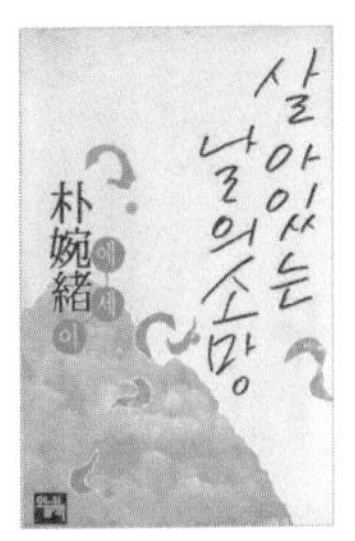

『살아 있는 날의 소망』
오늘의 책 1989년

『7년 동안의 잠』
동아출판공사 1982년

『7년 동안의 잠』
금성출판사 1997년

『7년 동안의 잠』
어린이작가정신 2017년

『그해 겨울은 따뜻했네』
민음사 1983년

『그해 겨울은 따뜻했네』
중앙일보사 1987년

『그 가을의 사흘 동안 : 그림 소설』 주우 1983년

『서울 사람들』 글수레 1984년

『지금은 행복한 시간인가』
자유문학사 1985년

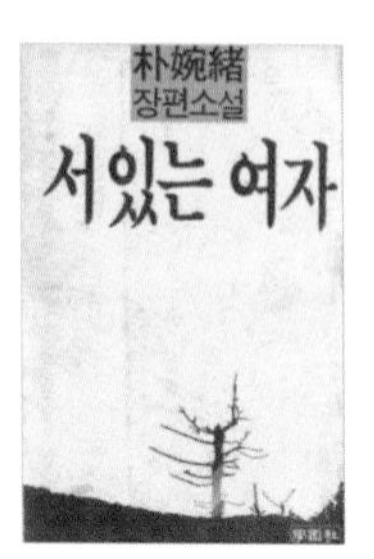

『서 있는 여자』
학원사 1985년

『서 있는 여자』 작가정신 1989년

『그 가을의 사흘 동안』
나남 1985년

『쟁이들만 사는 동네』
샘터 1986년

『우리를 두렵게 하는 것들』
자유문학사 1986년

『우리를 두렵게 하는 것들』
자유문학사 1996년

『서 있는 여자의 갈등』
나남 1986년

『꽃을 찾아서』 창작사 1986년

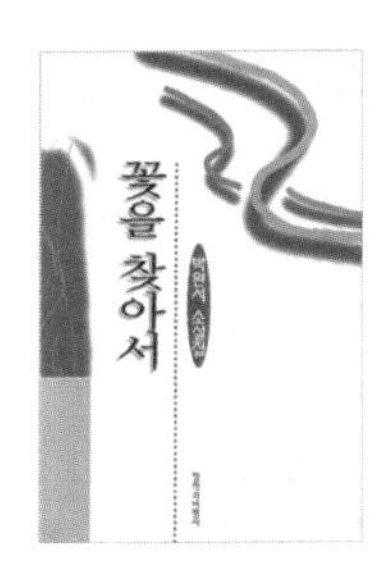

『꽃을 찾아서』
창작과비평사 1996년

『보통으로 산다』
학원사 1986년

『사람의 일기』 심지 1987년

『이상문학상 수상작가
대표작품집—박완서』
문학사상사 1987년

『유실』 고려원 1988년

『그대 아직도 꿈꾸고 있는가』
삼진기획 1989년

『나는 왜 작은 일에만
분개하는가』
햇빛출판사 1990년

『미망 1』 문학사상사 1990년

『미망 2』 문학사상사 1990년

『미망 3』 문학사상사 1990년

『저문 날의 삽화』
문학과지성사 1991년

『저문 날의 삽화』
문학과지성사 2002년

『산과 나무를 위한 사랑법』
샘터 1992년

『박완서 문학앨범—행복한
예술가의 초상』
웅진출판 1992년

『우리 시대의 소설가
박완서를 찾아서』
웅진닷컴 2002년
**『박완서 문학앨범—행복한
예술가의 초상』 개정증보판**

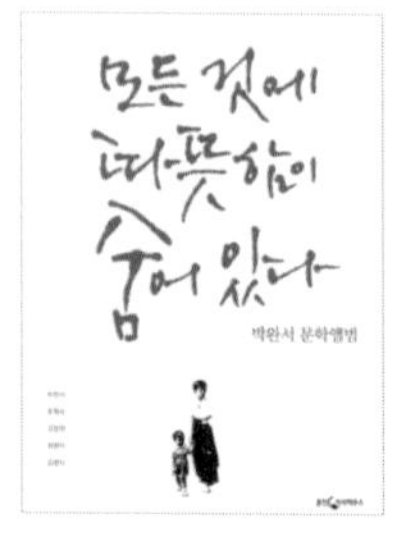

『모든 것에 따뜻함이
숨어 있다—박완서 문학앨범』
웅진지식하우스 2011년
**『박완서 문학앨범—행복한
예술가의 초상』 개정증보판**

『그 많던 싱아는
누가 다 먹었을까』
웅진출판 1992년

『그 많던 싱아는
누가 다 먹었을까』
웅진출판 1995년

『그 많던 싱아는
누가 다 먹었을까(청소년판)』
웅진닷컴 2004년

『그 많던 싱아는
누가 다 먹었을까(양장본)』
웅진지식하우스 2005년

『그 많던 싱아는
누가 다 먹었을까(한정판)』
웅진지식하우스 2019년

제38회 현대문학상 수상소설집
『꿈꾸는 인큐베이터』
현대문학 1993년

『박완서 문학상 수상 작품집』
훈민정음 1993년

『한 말씀만 하소서』
솔 1994년

『한 말씀만 하소서』
세계사 2004년

제25회 동인문학상 수상작품집
『나의 가장 나중 지니인 것』
조선일보사 1994년

『부숭이의 땅힘』
한양출판 1994년

『부숭이는 힘이 세다』
계림북스쿨 2002년
『부숭이의 땅힘』 개정판

『부숭이의 땅힘』
웅진주니어 2017년

『여덟 개의 모자로 남은 당신』
삼성 1995년

『한 길 사람 속』
작가정신 1995년

『한 길 사람 속』
작가정신 2003년

『복원되지 못한 것들을 위하여』
동아출판사 1995년

『그 산이 정말 거기 있었을까』
웅진출판 1995년

『그 산이 정말 거기 있었을까』
웅진닷컴 2001년

『그 산이 정말 거기 있었을까』
웅진지식하우스 2005년

『울음소리』 솔 1996년

『모독』 학고재 1997년

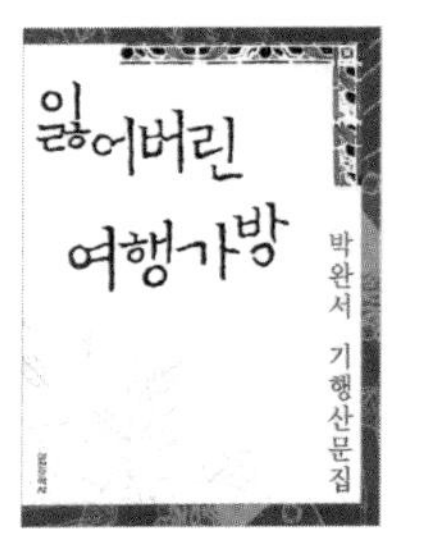

『잃어버린 여행가방』
실천문학사 2005년
『모독』 개정증보판

『모독』 열림원 2014년

『이게 뭔지 알아맞혀 볼래?』
미세기 1997년

『속삭임』 샘터 1997년

『어른 노릇 사람 노릇』
작가정신 1998년

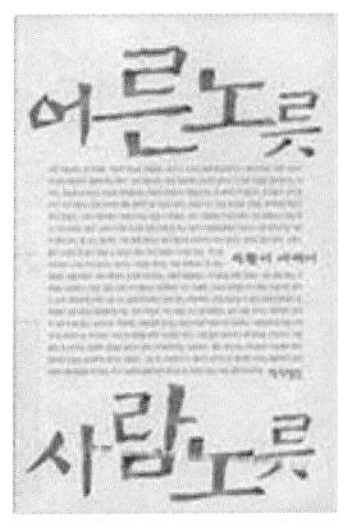

『어른 노릇 사람 노릇』
작가정신 2002년

『어른 노릇 사람 노릇』
작가정신 2009년

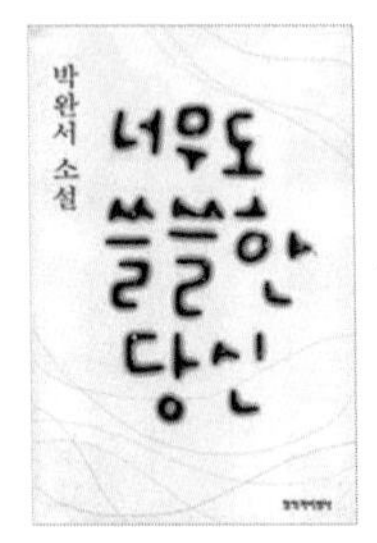

『너무도 쓸쓸한 당신』
창작과비평사 1998년

『님이여, 그 숲을 떠나지 마오』
여백 1999년

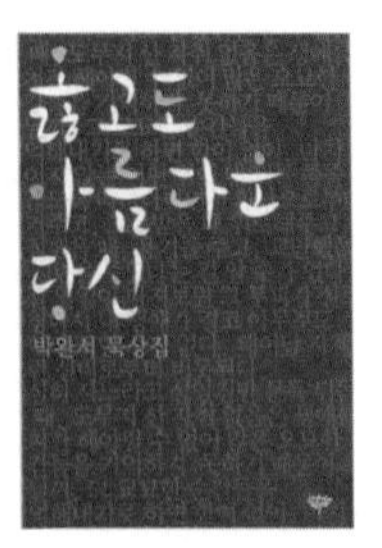

『옳고도 아름다운 당신』
시냇가에심은나무 2006년
『님이여, 그 숲을 떠나지 마오』
재출간

『옳고도 아름다운 당신』
열림원 2008년

『빈방』 열림원 2016년
『옳고도 아름다운 당신』 개정판

『자전거 도둑』
다림 1999년

『아름다운 것은 무엇을 남길까』
세계사 2000년

『아주 오래된 농담』
실천문학사 2000년

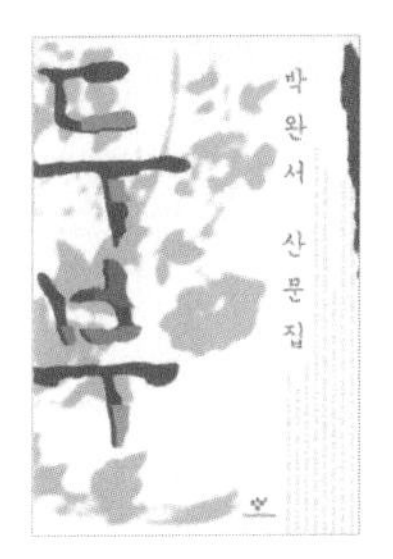

『두부』 창작과비평사 2002년

『옛날의 사금파리—손때 묻은 동화』 열림원 2002년

『보시니 참 좋았다』
이가서 2004년

『나목에 핀 꽃』
랜덤하우스중앙 2004년

『그 남자네 집』
현대문학 2004년

『그 남자네 집』
현대문학 2008년

『환각의 나비』 푸르메 2006년

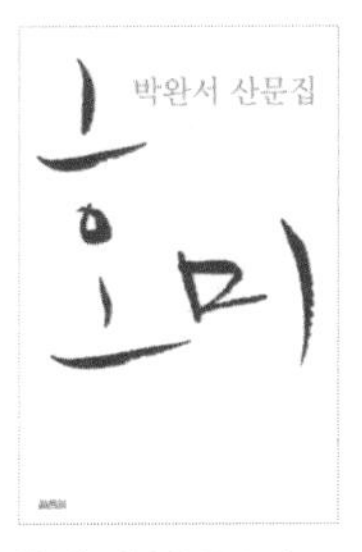

『호미』 열림원 2007년

『호미』 열림원 2014년

『친절한 복희씨』
문학과지성사 2007년

『세 가지 소원』
마음산책 2009년

『이 세상에 태어나길 참 잘했다』
어린이작가정신 2009년

『못 가본 길이 더 아름답다』
현대문학 2010년

『아가 마중—참으로 놀랍고 아름다운 일』
한울림어린이 2011년

『부처님 근처』
가교출판 2012년

『기나긴 하루』
문학동네 2012년

『세상에 예쁜 것』
마음산책 2012년

『노란집』 열림원 2013년

『엄마 아빠 기다리신다』
어린이작가정신 2014년

『이 세상에서 제일 예쁜 못난이』
어린이작가정신 2015년

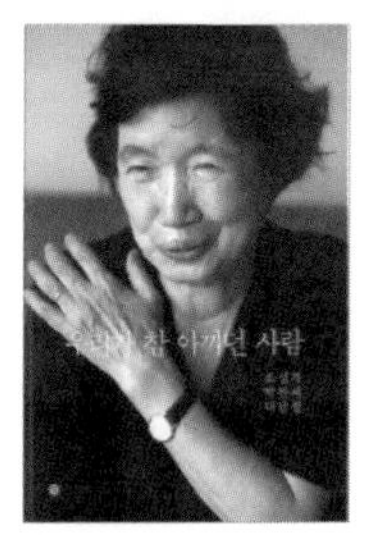

『우리가 참 아끼던 사람—소설가 박완서 대담집』 달 2016년

『노인과 소년』
어린이작가정신 2017년

『박완서의 말』
마음산책 2018년

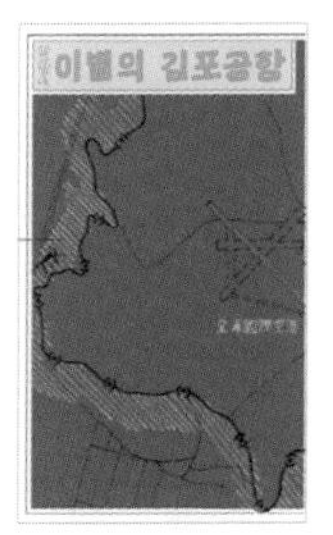

『이별의 김포공항』 2019년

『나목(그래픽노블)』
한겨레출판 2019년

〈박완서 소설전집 결정판〉 세계사 2012년

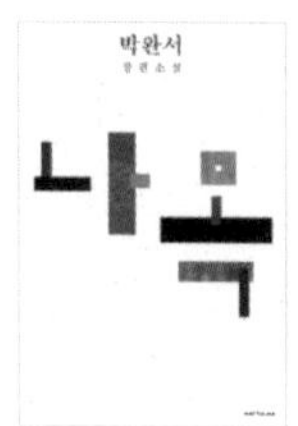

『나목』

『목마른 계절』

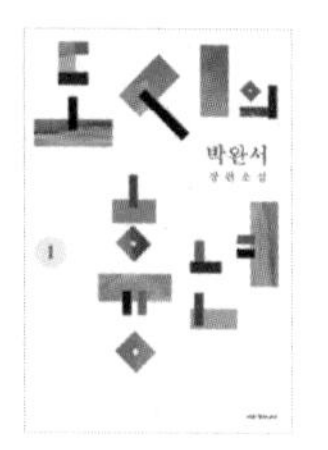

『도시의 흉년 1』

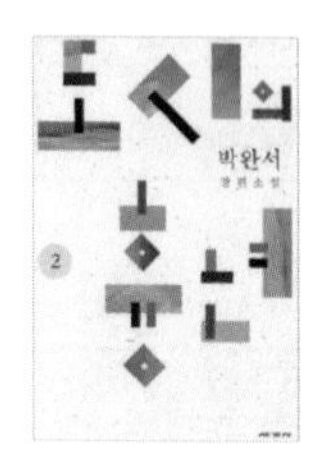

『도시의 흉년 2

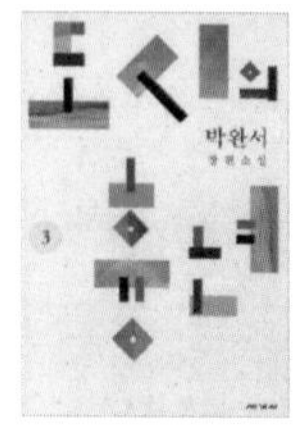

『도시의 흉년 3』

『휘청거리는 오후 1』

『휘청거리는 오후 2』

『살아 있는 날의 시작』

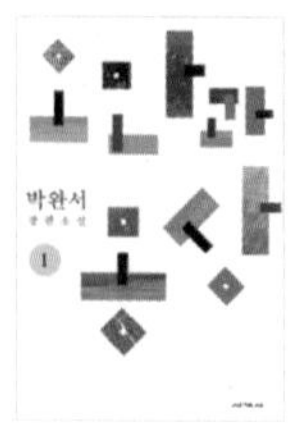

『오만과 몽상 1』

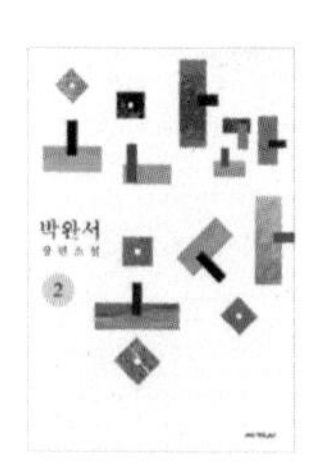

『오만과 몽상 2』

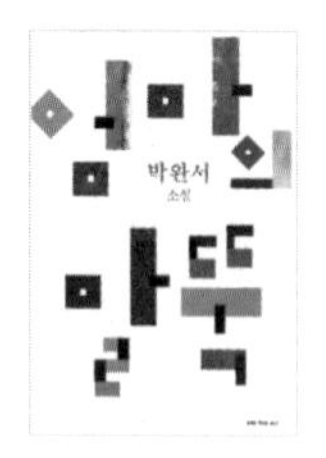

『엄마의 말뚝』

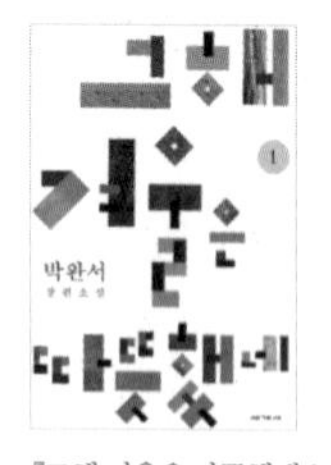

『그해 겨울은 따뜻했네 1』

『그해 겨울은 따뜻했네 2』

『서 있는 여자』

『미망 1』

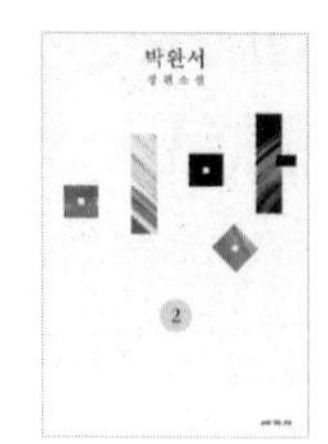

『미망 2』

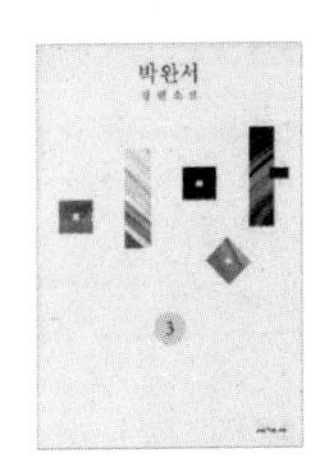

『미망 3』

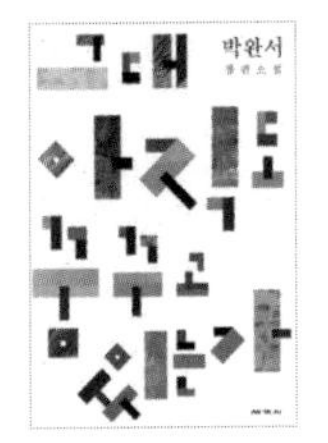

『그대 아직도 꿈꾸고 있는가』

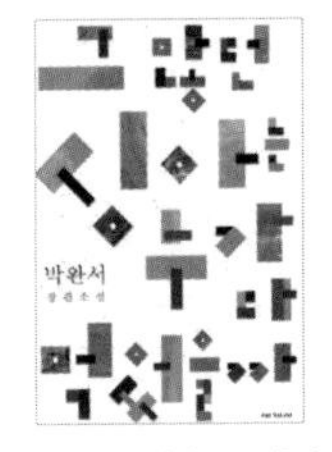

『그 많던 싱아는 누가 다 먹었을까』

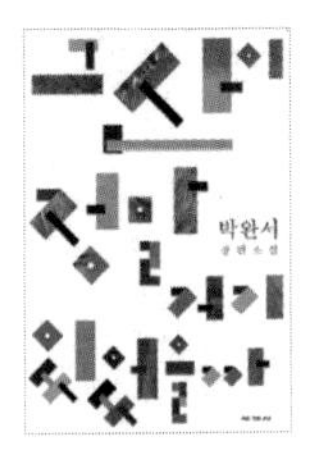

『그 산이 정말 거기 있었을까』

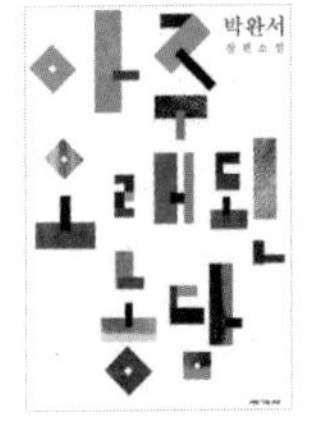

『아주 오래된 농담』

『그 남자네 집』

〈박완서 단편소설 전집〉 문학동네 2013년

『부끄러움을 가르칩니다』

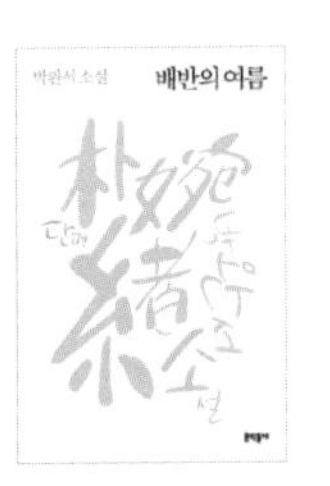

『배반의 여름』

『그의 외롭고 쓸쓸한 밤』

『저녁의 해후』

『나의 가장 나종 지니인 것』

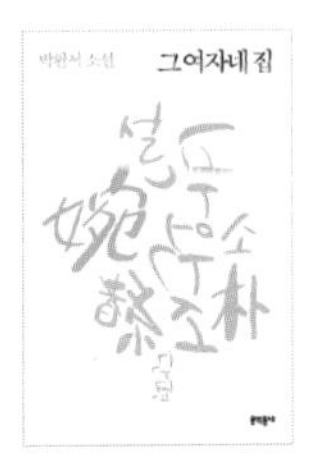

『그 여자네 집』

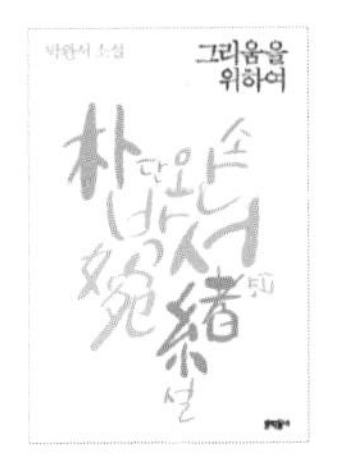

『그리움을 위하여』

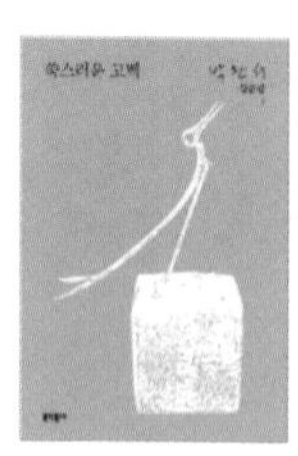

『쑥스러운 고백』

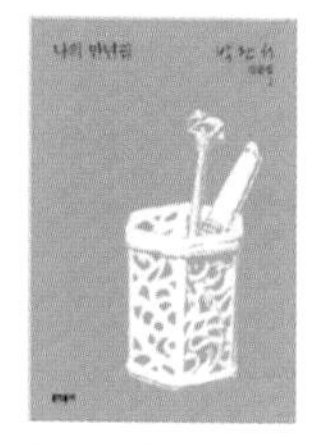

『나의 만년필』

『우리를 두렵게 하는 것들』

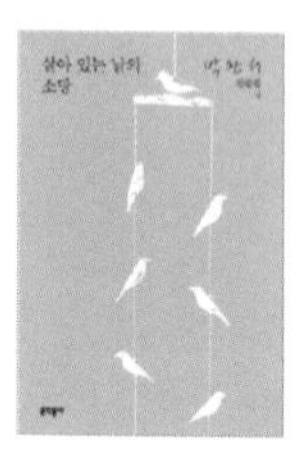

『살아 있는 날의 소망』

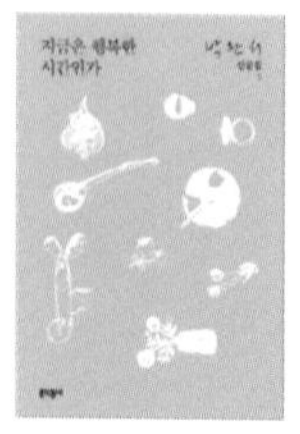

『지금은 행복한 시간인가』

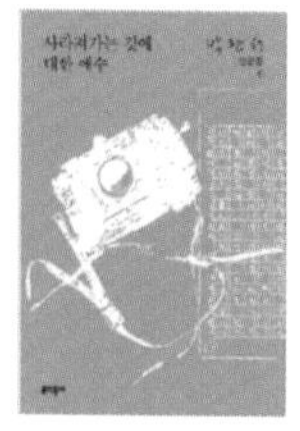

『사라져가는 것에 대한 애수』

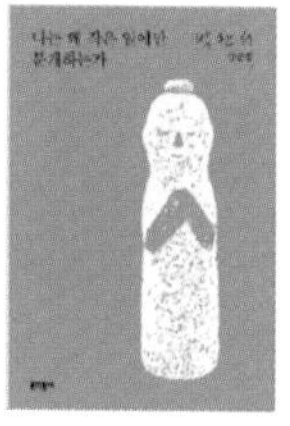

『나는 왜 작은 일에만 분개하는가』

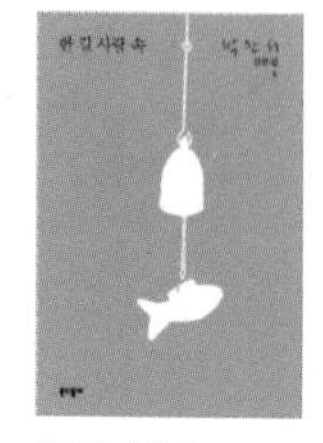

『한 길 사람 속』

『나를 닮은 목소리로』

프롤로그 에필로그
박완서의 모든 책

초판 1쇄 2020년 1월 21일
초판 3쇄 2022년 4월 19일

지은이 박완서
펴낸이 박진숙 | **펴낸곳** 작가정신
편집 황민지 | **디자인** 나영선
마케팅 김미숙 | **홍보** 조윤선 | **디지털콘텐츠** 김영란 | **재무** 오수정
인쇄 및 제본 한영문화사

주소 (10881) 경기도 파주시 문발로 314
대표전화 031-955-6230 | **팩스** 031-944-2858
이메일 editor@jakka.co.kr | **블로그** blog.naver.com/jakkapub
페이스북 facebook.com/jakkajungsin
인스타그램 instagram.com/jakkajungsin
출판 등록 제406-2012-000021호

ISBN 979-11-6026-158-5 03810

이 도서의 국립중앙도서관 출판시도서목록(CIP)은 서지정보유통지원시스템 홈페이지(http://seoji.nl.go.kr)와 국가자료공동목록시스템(http://www.nl.go.kr/kolisnet)에서 이용하실 수 있습니다. (CIP제어번호 : CIP2019051926)